衝動

三幕の民衆劇

フランツ・クサーファー・クレッツ

三輪玲子［訳］

ドイツ現代戯曲選30 ⑭

Neue Bühne

論創社

編集委員◉池田信雄／谷川道子／寺尾格／初見基／平田栄一朗

This translation was sponsored by Goethe-Institut.

GOETHE-INSTITUT

「ドイツ現代戯曲選 30」の刊行はゲーテ・インスティトゥートの助成を受けています。

Krieg Lustspiel ¶ Igor Bauersima norway.today ¶ Fritz Kater zeit zu lieben zeit zu sterben ¶ Elfriede Jelinek Macht nichts ¶ Peter Handke Die Stunde da wir nichts voneinander wußten ¶ Ein
kke Die Alphabeten ¶ Franz Xaver Kroetz Der Drang ¶ John von Düffel Balkonszenen ¶ Heiner Müller Der Auftrag ¶ Herbert Achternbusch Der Stiefel und sein Socken ¶ Volker Braun Iphi
ldberg-Variationen ¶ Dea Loher Tätowierung ¶ Thomas Bernhard Heldenplatz ¶ Elfriede Jelinek Raststätte oder Sie machens alle ¶ Rainer Werner Fassbinder Der Müll, die Stadt und der T

衝動

目次

衝動　三幕の民衆劇 → 10

訳者解題　不敵な笑いで社会を斬る　三輪玲子 → 127

Der Drang

Volksstück in drei Akten

衝動

三幕の民衆劇

登場人物

ヒルデ　がっしりした四十代の女
オットー　その夫

ミッツィ　見栄えのしない三十代の女
フリッツ　若い、ヒルデの弟

この戯曲の舞台は主として生花園、加えて墓地と家の中である。

書き言葉だと味気ないが、方言で喋ると生彩を放つので、是非そうしてもらいたい。

必ずしもバイエルン方言である必要はない。

ただし標準ドイツ語でも、バイエルン方言のひどいモノマネよりはまだましである。（初演の際の俳優たちは、ザクセン、ボーデン湖、スイス、ヴェストファーレンの出身であった。銘々が自分流にアレンジしたり、慎重に変更を加えてみたりしながら、結局それぞれの「言い回し」でやっていた。[★1]）

この作品は、時代背景からして「古い」ものではありえないが、あえて距離感をもたせるために、ほどよく時間をさかのぼった設定としてもいいだろう。

第二幕のあとに休憩。

第一幕

第一場

ヒルデとオットー、夫婦のベッド。疲れている、暗い。

オットー （奮闘しているのが聞こえる）

ヒルデ （ひとしきりされるがままになってから）一日中、仕事でかがみっぱなしじゃ、夜はセクシー・ダイナマイトってわけにゃいかないわよねぇ。

オットー 誰もそんなことたのんでねぇ、けどなぁ――（奮闘しつつ）亭主を喜ばせる手はいくらもあるだろうが。

ヒルデ 女房を喜ばせる手だっていくらでもあるでしょ。

オットー 自分の女房にゃかまうなってことか。

ヒルデ　女房の気持ちを尊重してってことよ。
オットー　（踏ん切りをつけて）こっちがもうダメみてぇだ。
ヒルデ　今日じゃなくたっていいじゃない、逃げるもんじゃなし。
オットー　いつもの言い草だ。
ヒルデ　じゃあ、さっさとやって、あたしのせいにしないで。
オットー　とっとと終わっちまえってか。
ヒルデ　そんなこと言ってない。
オットー　でも考えてる。
ヒルデ　考えてないってば、疲れてるだけ。
オットー　考えてねぇよな、まともにやろうって気もねぇんだから。（一人芝居のように）しゃぶるか？――あたしもう歯を磨いてきちゃったから。
ヒルデ　バカ言ってないで、そんなふうに言ったことなんかないわ。
オットー　だが、したこともねぇ。
ヒルデ　あるわよ。
オットー　百年前の話か。

ヒルデ　こういうことは無理強いはだめ、自然にそうなるんじゃなきゃ。
オットー　だが、そうはならん。
ヒルデ　もう、今日はね。
オットー　そういうこと。
ヒルデ　風呂場でちゃんと言わなかったっけ、なんか今日は疲れちゃって、腰も痛いって。
オットー　聞いてねぇ。
ヒルデ　おまけに今日は木曜で、金曜はあたしたち、きつい日だし。
オットー　オーケー。おしまい。おやすみ。（へそをまげる）
ヒルデ　（短い間）ねぇ、へそまげないで。
オットー　（ぼんやり）俺もいっぺん後ろでやってみてぇ、女房どもとやりたい放題やってやがるよその連中みてぇにさ。
ヒルデ　（子供に言い聞かせるように）おやめなさい、前だってとってもいいのよ。
オットー　いつもの言い草だ。
ヒルデ　今日はトイレ行ってないから、塞がっちゃってるし。
オットー　（子供っぽく）俺にはいつも塞がりっぱなしなんだろ。

ヒルデ　心はあんたに開けっぴろげよ。

オットー　そんなもんクソくらえだ。（あらためてやってみようとする）

ヒルデ　（いくらか経って）さあもう、おとなしくして、どっちみちそっちがもうダメなんだから、あたしのせいじゃないわ。

オットー　（乱暴ではなく）汚ねぇな。

ヒルデ　（親愛を込めて）愛してるわよ、ア～ンとかハ～ンとか声を上げてなくっても。

オットー　うん。

ヒルデ　（満足げに）いい子ね。

オットー　（その間にトイレに行き、自分でシコシコ処理する。その際、鏡に向かってしかめっ面をする）

ヒルデ　（呼びかけて）何してんの？

オットー　入れ歯の下にパン粉の粒がはさまっちまったんで、取ってんだ。

ヒルデ　今日のポークカツレツ、おいしかったでしょ！

オットー　うん。

ヒルデ　おやすみ！

オットー　おやすみ、すぐ行く。

ティッシュペーパー★2で精液を受け止め、几帳面にペニスをふき、わずかなしずくを、ターコイズブルーの床のタイルから拭いとる。ティッシュペーパーを便器に投げ入れて流し、息をつく。

第二場

ヒルデとオットー、生花園の前。

フリッツ （小型の旅行鞄を手に）ごきげんよう、お二人さん。
ヒルデ いらっしゃい。（抱擁し、キスをする）
オットー （彼の手をつかみ）ごきげんよう、フリッツ！
ヒルデ 来てくれたのね。うれしいわ、おまえが来てくれて。
オットー 早かったな、もっと遅くなるかと思ってたが。
フリッツ 七時に追い出されたもんで。

オットー うまい具合に列車があったのか？
フリッツ 急行だったんで。一駅しか止まらなかったんです。
ヒルデ おまえが来るの、待ち遠しかった。太ったんじゃないの。
オットー （フリッツを見ながら、ジョークを言おうとして）満喫したんだろ、休暇を。
フリッツ 八キロも太っちゃいました。デブだな。
オットー これからは、まともな食事になる。（笑って）喜べ、ガレー船の奴隷は太らなかった。
フリッツ （笑う）
ヒルデ 何も不自由はなかった？
フリッツ それはどうかな。
オットー （フリッツの肩をたたき）さあ、また働きゃ、落ちるさ。
フリッツ ありがとうございます、引き受けてくださって、でなきゃ、路頭に迷ってました。
オットー （うなずく）
ヒルデ （すかさず）さ、こっちへ来て、中に入って。
フリッツ （鞄から板チョコを取り出して）これ、ズージィにお土産。
ヒルデ あの子、学校なの。おまえはアメリカに行ってホームシックにかかったんだって言ってある。（おずおずと）あちこち言いふらさないようにね。

オットー （ほほえむ）だからチョコレートは自分で食ったほうがいい、こいつはアメリカのものには見えんからな。（チョコレートを返す）

フリッツ （うなずく）

オットー 君がいっちまってから、ここは変わったぞ。見てみろよ、全部俺たちがやったんだ、君が――アメリカにいる間にな。

ヒルデ そんなに長い間でもないでしょ、この子がいなかったの。

フリッツ 二年と九十三日。

オットー よく覚えてるな。（フリッツを見て）えらいぞ！

第三場

簡素に家具を備え付けた部屋、大きな鏡のある古いタンス。フリッツ。

フリッツ （慎重に自分の物を空のタンスに仕舞っている、何度も鏡を見つめ、自分の姿をじっと眺めては、にやにやして、ちょっとした動作をするが、どれもほんの短い間のことで、ほとんどわからない。そうしながら独り言）靴下は……下。――シャツはやっぱり……。これはもう着ない。――仕事用。こいつはここ。――よし。――うまくないな。

オットー　（ノックして、入ってくる）どうだ、フリッツ？

フリッツ　大丈夫です。

オットー　（タンスを眺めて）ロッカーを見りゃ兵士がわかるってな。

フリッツ　（笑って）軍隊ですか。（旅行鞄から瓶を取り出して）これ、お土産です。

オットー　（笑って、宣伝文句を真似て）「アスバッハ・ウアアルトに葡萄の精が[★3]」。（いきなり）で、薬はどこだ？

フリッツ　全部ここに。

オットー　（見て）これからこいつをとにかく飲む、そうだな！

フリッツ　飲みます。

オットー　（包みを見て）これがよく効くってのは、医者のお墨つきなんだな。

フリッツ　（あっけらかんと）これは、保護観察期間にはあたりまえのノルマですよ、僕みたいなのを外に出したときの。

オットー　ほう。
フリッツ　正気を失って平静を保てなくなる恐れがありますから。
オットー　（見る）
フリッツ　だから鎮静剤を飲む、それでとりあえずは落ち着いていられます。
オットー　（不安げに）ヒルデが言ってたが、衝動を抑える薬を、飲まなきゃならんのだな。
フリッツ　（うなずいて）言いかえれば、衝動を抑える薬、そういうことです。
オットー　（彼を見て）そうか。（少しの間）まあ、その薬をせっせと飲むんだな、そうして気を落ち着けるんだ。
フリッツ　そういうことです。

第四場

居間にて、夜遅く。ヒルデ、オットー、フリッツ。

オットー　（飲む）

ヒルデ　それ以上飲んだら、オットー、酔っぱらうって。

オットー　こいつが酒を持ってきたからには、飲まにゃあ。

フリッツ　再会を祝おうと思って。

オットー　そのとおり。祭りはその日に祝うべし、乾杯。

ヒルデ　でも、飲みすぎちゃだめ。

オットー　(高飛車に) 心配性の女には下腹がない。★4

ヒルデ　ああ、もう始まった。明日もあるってのに。

オットー　四時に出るぞ。

フリッツ　起こしてくださいね、ちゃんと行きますから。

オットー　なんたっておまえは女房の弟だから、思ったんだ、何かしてやんなきゃって。まるまる千マルク出してやろう、天引きいっさいなしで。

フリッツ　じゃあ、バイクを買うために貯金します。

オットー　えらいぞ。

ヒルデ　最初だからよ、フリッツ、わかってるわね。

オットー　仕事に慣れたら、また話し合おう。(少しの間) 実際、この墓場全部が俺のもんだし。

遅かれ早かれどっちみち、誰か雇わなきゃならなかったんだ。

ヒルデ　知らない人を雇うより、ずっとまし。家族経営だもの。

オットー　こいつがうまくやってけるんなら、かまわんさ。

フリッツ　うまくやっていきます。

オットー　とにかくおまえ次第だ。決断は容易じゃなかったんだぞ。

ヒルデ　そのくらいフリッツがわからないと思う？

フリッツ　わかってますよ、全部、ちゃんと。

オットー　俺はきちんとさせときたいんだ。きちんとしてなきゃ、わけがわからなくなっちまうだろ。（少しの間）俺の計画には、あと何本か器用な腕が必要だ。

フリッツ　ここにありますよ。

オットー　（フリッツに笑いかけて）だが、そうは問屋がおろさんぞ。

ヒルデ　やめなさいって。

オットー　冗談ぐらいかまわんだろ。（より真剣に）いいか、並の死人には並の花輪をあてがうんだ。俺はそれを卸で買いつけて、四十パーセント上乗せする。

ヒルデ　ベルトコンベア商売よね。

オットー　嬉しくもなんともねぇが、ちったぁカネにはなる。でもありがたいことに、もっと高望みの死人もいてくださる。皆が皆、税込み百九十五マルクの花輪をお望みなわけじゃねぇ。死人はこう思ってんのさ、なあおい、生きてたときにゃ年がら年中、安売り店[★5]の服で済ましたもんだが、死んでまでもツルシの服かよ、ってな。「オランダ産のバラ」にはよく言いきかせなきゃならん、棺桶を墓穴ん中へおろす間は、まだ首をしゃんと立てとけよ、ってな。ま、そんな話はいいとして。俺の新しい空調装置はもう見たか？

フリッツ　いいえ。

ヒルデ　（熱中して）フリッツ、すごいんだよ。ボタンひとつを押しとくだけで、次の日には、神様もこれ以上美しくは創造できませんってぐらいのユリが、三百五十咲くんだから。花は命を吹き込んでもらうのを待つばかり。空調装置は二十八万マルクしたのよ。死人が出て、たとえば、明日、五人の死体がおいでになっても、どうぞどうぞ、一夜にして皆さんに春をこしらえてさしあげます。二週間、誰も死ななきゃ、氷河期に切り替え。夏、秋、冬を、思いのままに、つまりマーケットの、カスタマーの望み通りに操ることができるの。

オットー そのとおり。

ヒルデ （夢中になって標準語で）自然もいくらかは需要というものに拘束されてもらわなくてはね、ご機嫌とるの、大変なのよ、人間に負けず劣らず。

オットー （うなずく）私たちは人の最後の旅路のお供をするんです、ってミッツィが言ってたな。

フリッツ ミッツィって誰です？

オットー ミッツィは天才。

ヒルデ そうね。

オットー 彼女が言うにゃ、ホルデンリーダーさん、お客様に好みがおありなら、それにも応えてさしあげましょう、ってんだ。客の目とサイフをのぞきこむ。いわゆる、見る目があるんだな、何にでも。（少しの間、飲む）ミッツィとは仲良くやれるだろう。ただし、彼女の前に立ちはだかって――（動作）こんなふうにやらかしたりしなけりゃな、そりゃびっくりするだろ、おまえのチンポ、ナマで目の前に突きつけられちゃ。

ヒルデ もう悪酔いしてる、案の定。

オットー てめぇにセックスの何がわかるってんだ！（フリッツに）われわれは文明民族である。だがしかし、男同士の話だ、あの女を見てみろ、ミッツィを。

ヒルデ　ぐでんぐでん。そこが問題。いっぱしの庭師だけど、酒には飲まれちまう。

オットー　俺んとこの植物も、水をやんなきゃ、くたばっちまう。俺はうちの下等植物どもをしたがえる上等植物なのだ。

ヒルデ　さあもう、いい子になさい、オットー。

オットー　そうだ。（いかめしくフリッツに）俺はまっとうな人間なのだ、フリッツ、わかるか？

フリッツ　僕もです。

第五場

温室の中、フリッツとミッツィ。フリッツは汗をかきながら泥炭腐植土の梱包の上に座り、息をつく。

ミッツィ　（叫んで）ホルデンリーダーさん、こっちへ来て、弟さんの具合が悪いんです。（フリッツのところに戻り）何より深呼吸よ。

オットー　（来て）どうした？

ミッツィ　ほら、弟さんの具合が悪いんです。
オットー　俺の弟じゃねぇ、女房の弟だ。——どうした？
フリッツ　息ができないんです。
ミッツィ　脱力状態みたいで。
フリッツ　息が吸えない。
オットー　どうして？
フリッツ　（喉もとを示して）締めつけられてる感じで。
オットー　口を開けて、あぁー。
フリッツ　あぁー。
オットー　（見て）塊みたいな扁桃腺、こりゃ扁桃腺だ。ひどくやられたようだな。女みてぇに敏感になってやがる、中に入って熱を測れ、そうすりゃだいたいの見当はつく。
ミッツィ　ばかげてる。医者に行かなきゃ。
フリッツ　医者はいいです、必要ないですから。
オットー　ビビることはない、フリッツ、うまく片付くさ。
ミッツィ　わたしなら、こんなだったら医者に行くわ。

オットー　たいしたことはない。（にやにやして）喜べ、たいしたことはないんだからな、フリッツ！

フリッツ　そう、医者なんかいらない。

オットー　熱を測りに行ってこい。台所の真ん中の引き出しだ。

ミッツィ　わたしが行ってあげる。

オットー　（にやにやして）君は花について十分知っといてくれりゃいいんで、男のことまで知ることたぁねぇぞ。

第六場

寝室、月明かりの夜。ヒルデとオットー。

オットー　（相当不安げに）こまったことになったぞ、出るもんが出てきやがった。さて、どうすりゃいい。

ヒルデ　誰かがインフルエンザにかかったからって、本人のせいじゃない。ほかの従業員がかかったっておかしくない、そういうことでしょ。

オットー そうじゃねぇ。俺の言ってることがわからんのか？　あいつの持病は治るようなもんじゃねぇ。

ヒルデ すぐに悪いほうへ考えちゃだめよ。

オットー ああいうもんは、全身に影響が出る。もう体に障害が起きてるわけだ。

ヒルデ 確かに、影響が出ないとは言えないけど。とにかく見極めないと。

オットー こういうのを間近で見せつけられる羽目になるとはな、よりによって俺たちが。

ヒルデ 家族といられるようにって、あたしたちがあの子を引き受けてあげなかったら、あの子、ひょっとして自殺しちゃってたかもしれない。

オットー それが最悪ってわけでもあるまい、ああいうやつにゃ。（ヒルデを見て、息をのみ、恥じ入り、息をつく）

ヒルデ そんなふうに人を判断するなんて許せない、しかもあたしの弟よ。

オットー 俺には全然理解できんのだ、ああいう体質のやつがいて、あいつがそうなんだってことが。

ヒルデ あの子は誰も襲ったことなんかないし、暴力をふるったこともないわ。

オットー　片手がありゃ済むんだ、こうするにはな――（動作）

ヒルデ　そんな言い方はやめて、オットー。

オットー　なんであいつは何度も監獄にぶち込まれたんだ？

ヒルデ　やめられなかったから。何度も情熱があの子の体を貫いたのよ。

オットー　あいつのは情熱なんかじゃねぇ、異常ってやつだ。

ヒルデ　（きっぱりと）今のあの子は別人になった、そのことをつねにあの子にわからせて、いいお手本を示さなきゃならないの。

オットー　どっちにせよ、あいつには印が付いてる。そういう印は跡形もなく消えるもんじゃねぇ。（短い間）想像してみろ、俺が（短い間）街頭に出て（空を切るような仕草で何かしてみせて）そのあとで家に帰ってくる。（短い間）おまえには、まだ俺だってことがわかると思うか？

ヒルデ　あたりまえじゃない。

オットー　（心から）外見は馬鹿女だが、中身までとはな！　おまえ、やつがどういうことになってると思ってんだ、鎮静剤を毎日一ポンドも食らわないと、気をしずめられんのだぞ。

ヒルデ　あの薬は男の精力を抑えるだけ。

オットー　いい子ちゃんだな。（彼女を意地悪く見つめる）
ヒルデ　もう寝ましょ、おやすみ。
オットー　あいつ今、何してんだろうな？
ヒルデ　何しようがあるの、病気で寝てるのに。
オットー　病気でも、シコ、シコ、シコ、か。（薄笑い）
ヒルデ　ズージィと同じくらいぐっすり眠ってる、保証してもいい。
オットー　どうだかな。ひょっとすると俺には、身のまわりの現実しか見えてないのかもしれんぞ。（短い間）おやすみ。

第七場

フリッツの部屋、昼。オットーがフリッツを見つめている。ヒルデ。

オットー　よく考えた上で言うんだが、おまえのことを知ってる医者のところへ行って、どこが悪いか、診てもらわんとだめだぞ、フリッツ。

フリッツ インフルエンザですよ。

オットー おまえにかぎっては、わからんよ、何だってありうる。

フリッツ インフルエンザですって、すぐに治ります。

オットー （大声で）そう言い張るんだな。

ヒルデ あたしもそう思うわ。

オットー 俺だってだ、だけど、思ってるのとわかってるのとは違うからな。（内緒事のように）よく考えてくれ、おまえが何か病気持ちだとしたら、どんな面倒なことになるか。

フリッツ 僕がインフルエンザでくたばるとでも？

オットー わからねぇやつだな。

ヒルデ 責任ということよ、フリッツ、オットーが言ってるのは。

オットー そのとおり。

フリッツ 明日には治ります。

ヒルデ もうちょっと休んでなさい。

オットー 病人には看護が必要だ、一日中ここで寝てたって埒が明くもんじゃない。（短い間）

俺たちには仕事があるし、ここは診療所じゃないんだからな。

ヒルデ 気遣いは無用です、これでも男ですから。

オットー オットーが言ってるのはそういうことじゃないの。ただ、心配してるのよ。

フリッツ そう。今週は、八件も葬儀があるんでね。

ヒルデ 明日は仕事に戻ります。

フリッツ えらいわ。

オットー （敵意を持ってヒルデを見つめ、うなずき、退場）

フリッツ 彼、僕のこと嫌ってるんだろ。

ヒルデ 心配性なのよ。

フリッツ 僕は、彼のこと好きだよ。

ヒルデ あたしたち皆が皆を好きだわ、そうでしょ？

フリッツ （ほほえんで、うなずく）

第二幕

第一場

墓と花輪のある墓地にて、ヒルデとオットー。喧嘩しながらも、力を合わせて働いているのがわかる。

ヒルデ　あの子、元気になったんだから、もうほっといて。

オットー　だが、赤い斑点が残ってる。

ヒルデ　ニキビでしょ、あれなら前からよ、ここに来たときから。

オットー　俺はついさっき気がついた。

ヒルデ　あたしは気がつかなかった。

二人は仕事を続ける。

オットー じゃあわかった、そういうことにしておこう、ありゃニキビだ。(彼女を見て) なんであいつにニキビがあるんだ?

ヒルデ さあ。

オットー さあ、じゃねぇ。ニキビなんかあんのかよ、いい年した男のくせに。

ヒルデ ズージィにもニキビはあるわ。

オットー あれは子供だし、思春期だからな。おまえの弟もひょっとして思春期か?

ヒルデ 精神的にはそうかも。ああいう体質だってことは、ちょっと遅れてるかもしれないわ。

オットー あんなやつは遅れてて当然だ。(大声で) だが、あいつはそれほど遅れてるってわけでもねぇぞ。あいつにニキビがあるってのは異常だ、言っとくがな。

ヒルデ そんなに大声出さないで。

オットー あたりにゃ誰もいねぇよ。死人にゃ耳はねぇし。(少しの間) あいつはどんな病気持ちか知れやしねぇ。

ヒルデ バカ言ってないで。

オットー　（標準語で）私は尋ねておるだけであります、あれはいかなる吹き出物なのかと。そして私は答えておるのであります、私は考える人間なのだと。ヒルデ、こいつはおまえに折れてもらうしかない。（短い間）あいつはインフルエンザにかかった。ほかに誰がかかった？　おまえはかかってねぇ、俺はかかってねぇ、学校から何でもかんでも持って帰ってくるあのズージィですら、かかってねぇ。やつだけだ。なのに、俺がバカ言ってるだと。（短い間）ドカーンときてからじゃ、遅すぎるぞ。

ヒルデ　何がドカーンとくるっていうの？

オットー　あいつは風呂場に入るとき、いつも鍵をかける。

ヒルデ　そりゃかけるわよ。

オットー　それだけとってみりゃ、殊勝なことだ——だがとりたてて今はまずいな。つまり、俺が思うに、あいつが歯を磨くときだな、そういう習慣になってるのは、殊勝な清潔感とやらを監獄からもらってきてるせいなんだが——それでやつがこうやって——（歯を磨く動作）、うちの洗面台で吐き出すだろ、（息をついて、うなずき）そんとき俺が知りたいのは、吐き出したもんが赤いか、歯茎から血が出てるか、ってことだ。

ヒルデ　（ありのままに）あんたは部分入れ歯。フリッツとあたしの歯はまだ全部ある。

オットー　わからねぇ女だな。あいつが入れ歯だったら、歯茎から血なんか全然出ないかめったに出ないし、出てもせいぜい、顎と入れ歯の間に何か硬いもんがはさまったときくらいだ、だがそれも（動作をする）――こうすりゃ取れる。

ヒルデ　バカ言ってないで。

オットー　あいつには吹き出物がある、がしかし俺はバカ言ってる。あいつは監獄にいた、がしかし俺はバカ言ってる。（ヒルデをじっと見て）あんなふうで人生がつつがなく終わっていくと思うか？　ありがたく思うんだな、考える人間がおまえのそばについてるってことを。

ヒルデ　（息をつき、小声でまじめに）あたしの弟は、ずっと、こ～んなふうにして生きてきたの（動作）――こ～んなふうにしてるのに、どうやってうつされるっていうの？　よく考えてみてよ、そ～んなに賢いんだったら。

オットー　おまえ、何してんだ？

ヒルデ　なによ――わかってるくせに。

オットー　なんつぅ恥知らずなまねしやがる。（ヒルデをわざとらしくまねて）こりゃ何のまねだ！　てめぇのふり見てみろ。これまで亭主の前で、公衆の面前で、こ～んなふうにやらかしたことがあったかよ、あいつがうちに住み込む前まで？

ヒルデ あんたにわかりやすく説明したかっただけ。

オットー おまえのわかりやすい説明なんぞ願い下げだ、自分の女房のこ〜んなまね、見せつけられてたまるか。

第二場

温室の中、暑くて明るい。フリッツとミッツィ。フリッツは仕事中。ミッツィは彼を見つめている。

ミッツィ もらってきてあげたわ、約束通り、職業安定所のパンフレット。（表題を読んで）あなたの未来のために、あなたにできること。

フリッツ （うなずく）

ミッツィ 未来は教育次第よ。（読んで）特別な専門教育を必要としない職業に就いているあなたも、職業再教育により、資格の必要な仕事へのキャリア・アップをはかることができます。四ページと七ページ。（ページをめくって）Dさんはこれまで建設現場助手として働いてきました。彼は十二週間の建設機械課程を履修しました。その期間、Dさんは職業安定所から生活費を受給していましたが、その額は、彼の場合、手取り賃金の九十パーセントでした。現在ではパワーショベルの操縦者として働いています。

フリッツ 可能性はある、それはわかってる。

ミッツィ アンテナを張ってなきゃだめ。

フリッツ これから追い追い。まだ始めたばかりだし。

ミッツィ （うなずいて）わたしには、何でも包み隠さず話してくれていいのよ、あなたがインフルエンザにかかったことだけじゃなく、刑務所にいたってことも、わたし知ってるから。

フリッツ 知ってるわけない。

ミッツィ わたしの目が節穴だと思う？

フリッツ （怒って）なら、知ってるんだろ。他人が僕の何を知ろうが全然関係ない、自分のことは自分で十分わかってる。

ミッツィ そんなつもりで言ったんじゃない。でも、何もしてないなら、刑務所に入れられるわけないと思うし。それに、何も知らないと、実際よりひどいことを想像しちゃうわ。

フリッツ　どうだっていいさ。

ミッツィ　何でも悪くとるのね。（短い間）あなたを初めて見たとき思った、この人は優しい人だって。

フリッツ　ありがとう、パンフレット持ってきてくれて。

ミッツィ　もしかして休暇が必要なんじゃない、転地療法は効果抜群かも。バイエルン旅行局が、コスタ・デル・ソル一週間、飛行機と三食付、六百マルクっていうのを出してる。

フリッツ　六百マルクなら高くないな。

ミッツィ　うちにあるパンフレットに旅行プランが全部載ってる、明日持ってきてあげてもいいわ、いい子にしてたら。（ほほえむ）

フリッツ　（見る）

第三場

夫婦のベッドにて。オットーとヒルデ。オットーはグラフ雑誌を手にし、ヒルデは彼を見つめている。

オットー (読んで) あたしエルケ。二十二歳。このことはお医者さんしか知らない。今は泣いてばかり。(ヒルデのほうを見て) スペインでうつされたの。

ヒルデ (小声で) 弟はスペインには行ったことない。

オットー (読み続けて) 発疹が出たのは七ヵ月後。ペドロとのアバンチュールから七ヵ月経って。きれいな男の子。コスタ・デル・ソルで出会った。とっくに忘れかけてたのに、変な発疹が出てきたの。(ページをめくる) 僕はディーター。三十一歳。ケニアでうつされたんだ。

ヒルデ 弟はケニアには行ったことない。

オットー (読んで) 友人たちと繰り出した。女の子たちはかわいかった。妻は決して許してくれないだろう。でも、僕を助けようとしてくれてる。後悔しても、何にもならない。(オットーはヒルデを見る) うんぬんかんぬん。(読み続けて) 僕はデトレフ。刑務所でうつされた。刑務所では皆一人だ。気弱になってしまったことがあって。それで今、この病気にかかってる。僕がどういうことになってるかわかるのは、刑務所に入ったことのあるやつだけだ。

ヒルデ　（疲れ果てて）弟はホモじゃない。

オットー　おまえはあいつを信用してんだ。

ヒルデ　そう。（疲れ果てて）もう説明したでしょ。

オットー　わかってるさ、シコ、シコ、シコってんだろ。だがな、あいつのセックス遍歴は、俺らの考えてる以上にこんがらがってるかもしれんぞ。

ヒルデ　どういうこと？

オットー　（意地悪く）おやすみ、それとも、またどっか具合の悪いとこでも思いついたか？

ヒルデ　（オットーを見つめる）

第四場

ボートを櫂でこぎながら、暑い日。フリッツとミッツィ、ミッツィがフリッツに迫っている。

ミッツィ　でもあなた、セックスのときは変わった人になる。そう言ってもいいのよね？
フリッツ　君が聞きたいと思ってるようなことはない。
ミッツィ　無理に聞こうとは思わないわ、そんな必要ないんだし。
フリッツ　（見る）
ミッツィ　でも、ホモじゃないでしょ。
フリッツ　そりゃそうさ。
ミッツィ　（フリッツに迫る）じゃあ何なの？
フリッツ　何であってほしい？
ミッツィ　そんなのわからないわ。
フリッツ　（いきなり）サディスト。これでわかったろ、わかったらほっといてよ。
ミッツィ　（ゆっくりと）そういうの、読んだことあるわ、サディストの話、週刊誌[★6]で。わたしはしないけど、好きじゃないから。
フリッツ　好きでやるやつなんかいるか。
ミッツィ　どんなふうにしたの、したことあるんなら？
フリッツ　週刊誌には何て書いてあった？

ミッツィ　鞭で打ち合って、お互いに血を見たら、セックスできるの。

フリッツ　そういうのもある。

ミッツィ　それもした？

フリッツ　もちろん、やったさ。

ミッツィ　（ゆっくりと）自分が惹かれる人に何かしてあげるのはいいけど。でも、それは行き過ぎ、って思うな。

フリッツ　（楽しげに）まずは脱がないとね、それから僕が相手を刺す。

ミッツィ　何で刺すの？

フリッツ　ピンで。

ミッツィ　どこに？

フリッツ　腹と胸。

ミッツィ　どれぐらい深く？

フリッツ　血が出るまで。

ミッツィ　（うなずき、息を飲んで）それから？

フリッツ　それから僕は血を舐めとる、そうするといっちゃうんだ。（少しの間）そういうこと、これでわかったろ。

ミッツィ だから、刑務所に入れられたのね。

フリッツ （ほっとして）そのとおり。

ミッツィ そういうのって、想像してみたことはあるけど、あなたがそうだなんて思ってもみなかった。

フリッツ （軽やかに）ああ、なんていいんだろう、僕の名前がルンペルシュティルツヒェン★7だってこと、誰にも知られてないんだ。今日は焼いて、明日は煮て、あさっては切り裂いてやるのさ、王妃の子供を。（笑いころげる）

ミッツィ （興味を示して）あなたには辛抱強く接しないといけないみたいね。

フリッツ 時間はかかるだろうな。

ミッツィ サディズムはだめっていわれたら、できなくなっちゃうの？

フリッツ 禁欲しなきゃいけない、でないとまた、暴発して自制できなくなるかもしれないし。

ミッツィ 自制できなくなったら？

フリッツ そうなったら、まずい。

ミッツィ わたしが血を流さなきゃいけないから？

フリッツ　そう、血を流さなきゃいけない。
ミッツィ　だから、閉じ込められたのよね？
フリッツ　（楽しげに）そのとおり、バタン、ガチャンってな。
ミッツィ　血に慣れるのはキツイかも、その気があったとしても。
フリッツ　慣れたりしちゃだめだよ、そこがミソなんだから。
ミッツィ　（好奇心をそそられ）あなたみたいな人に会ったの、初めてよ。
フリッツ　（子供っぽく）僕もだ。

第五場

墓地にて。墓穴のかたわらで、オットーとヒルデがナイトシェイド（イヌホオズキ）を植えている。オットーは仕事に励む、ヒルデはいっしょに励む気がない。

オットー　一度、あいつのスペルマの道筋をたどってみようぜ、（笑って）この家中のやつの精液をな。

ヒルデ　（見る）

オットー　あいつは発作を起こす、いつでもどこでも、薬を忘れることもあるだろ、それが人間ってもんだ、で、そうなりゃことは早い、一押しで、一瞬でいっちまうかもしれんぞ。

ヒルデ　ふぅん。

オットー　（頓着せず）うん、あっという間にいっちまうかもしれん。せっかちに、いつでもどこでも――となると臭うな。あいつ、ティッシュ持ち歩いてんのか？　だとすりゃ、すぐにポイと捨てちまうだろ。とすりゃ、どこへ捨てる？　捨てるべきとこに捨ててんのか？　俺が思うにゃ、やつはティッシュなんか持ってねぇ、いつでもどこでも、その辺の壁やソファーやカーテンにこすりつけてやがるんだ。（息をついて）そこらには今頃、やつの精液どもがへばりついてて、おあつらえむきの誰かが通りかかって手を伸ばしてくるのを待ってんだ。たとえばズージィ。遊んでちょっとひっかき傷でもつくった日にゃ。精液、引っかき傷、ドカーンてな具合。災難へまっしぐらだ。ああいう手合いは何べんやらかすかわかったもんじゃねぇ、でなきゃ、あんな薬がぶ飲みすることなんかねぇだろ。想像してみろ、裁判官が言うんだ、あなたは薬を飲まなければなりません、あなたの性的嗜好で世界中をめちゃくちゃにしないためです、ってな。もうそこら中のどこに痕跡残していきやがったか、わかりゃしねぇ。（ヒルデを見て）さあ、おまえの番だ。

ヒルデ　（かかわり合わず、事務的に）読んだことあるわ、ウイルスは空気にふれると死んじゃうんだって。

オットー　（笑って）そいつは空気で死んじまう最初のウイルスだろうな。空気吸って死ぬやつなんかいるか。（笑う）

ヒルデ　（真剣に、論理的に）オットー、弟はうちに来て今まで何一つ悪いことしてないわ、五日間、体調崩した以外は。それにあの子、十分つらい思いしてるのよ。事態をこれ以上悪くしないで。

オットー　（見て、うなずいて）人が考えるのを禁じてはならん、禁じれば人は獣になる。（言葉を詰まらせ）でな、俺はこう思うんだ、われわれのようなもんが、もしその手の発作に襲われたら、普通、持つだろ、（発音を引きのばして）容れ物を。野外だろうが、屋内、室内だろうが、そんなこたしねぇもんだし、（息をのみ）気をつけるもんだろ。雄ネコなんかとはわけが違う、連中はいつでもどこでもやらかすんで臭う、だからあんなにたくさんの雄ネコが去勢されてんだ。おまえの弟は去勢されてねぇ、けど、抑制剤をがぶ飲みしなきゃならん。（まじめに）そうだろ、俺は抑制剤をがぶ飲みしなきゃならんのか、おい？

ヒルデ　いや、あんたは別に。

オットー　（見て、息をのみ）俺は普通の人間だからな。きまってる。（疲れ果てて、頭が混乱し）とにかく雄ネコどもは、どこでだってやらかす。連中にはキリってもんがねぇ。つまり、シッシーじゃなくてドピュドピュドピュッだ。

ヒルデ　あたし、あんたのドピュドピュッの容れ物なわけ？

オットー　（彼女を見つめて）すまん、俺の言ったこと全部、間違ってたら。だがなヒルデ、おまえの亭主は考えてんだぞ。

ヒルデ　えらいわ。

第六場

ミッツィの家。彼女は編み針を手にしている。フリッツはソファの上。彼女を見つめている。彼女が自分の殻を破っていけばいくほど、彼は自分の殻に閉じこもっていく。お互いの距離は縮まらない。

ミッツィ　（うきうきして）刺して。刺してみてってば。（彼を見つめて）刺してよ。（勢いをつけて）さあ、刺すのよ！（荒っぽく）刺せ！（むしろやけになって）刺せよ！畜生、刺してみろ。（ため息をつき、見て、飛びかかる）

フリッツ　（途方にくれ、かわしながら）何にも必要ないって、セックスするのに。

ミッツィ　（要求して）刺すのよ。

フリッツ　（やけっぱちに）刺すのはダメなんだ、そんなことしたら、またぶち込まれちゃうよ。

ミッツィ　（荒っぽく）彼が刺したのはわたしが望んだからです、って裁判官に言ったら？

フリッツ　（小さく）誰が望むか。

ミッツィ　習うより慣れよ、って言うでしょ。（大声で、荒っぽく）刺しなさいよ。

フリッツ　（不安に満ち、やけになって）ほっといてくれ！

ミッツィ　刺してってば、このバカ。（途方にくれ、やぶれかぶれになって）刺しなさいよ。

フリッツ　（じっと見る）

ミッツィ　（少しの間、彼女は息をついて）あなたって、わたしが出会った中で、最低のバカ野郎だわ。

フリッツ　（途方にくれ、あとずさりする）君こそ獰猛なメスブタだ、ぞっとするよ。

ミッツィ　（違う調子で）わたしに向かって、そんなこと言うの？

フリッツ　今のが本気なら、刺すのはごめんだ。

ミッツィ　自分でサディストなんて言い出すわりには、臆病すぎるんじゃないの。（彼を見つめ、憎しみを込めて）あなたってほんとお利口さんね！　この家から出てって、今すぐ、わたしがあなたを通報する前に。

フリッツ　（叫ぶ）なんでだ？

ミッツィ　あなたみたいな人に理由なんて必要？

フリッツ　（途方にくれ、彼女を殴る）

ミッツィ　（身を震わせ、あたふたと）ほら、すぐこうなる、これで理由があるわ。

フリッツ　（彼女を見つめ、やけになり、出ていこうとする）

ミッツィ　（彼をひっつかみ）ここで捕まえられるまで待つのよ。（にやにやして）それがいやなら、いい子にして！（彼のペニスをつかもうとする）

フリッツ　（身を振りほどこうとするが、できず、殴る）

ミッツィ　（しがみついて離れず）さあ、やるわよ！

フリッツ　どうかしてる、離せよ、マッツ！

ミッツィ　（興奮して）がんばり抜かなくちゃね、あなたには！　振りほどいてみて！　意地悪してよ、耐えてみせるから。マッツをぶって。（ペニスを必死につかまえようとする）

フリッツ　（途方にくれて彼女を殴り倒し）どうかしてる、やめろって、君をぶちのめすわけにはいかないんだから、僕のチンポは僕のもの、ドピューン、ドピューン、ドピューン。

ミッツィ　（床で、小声で、へたばって）あなたとは、とにかく闘わなきゃね、こういうの慣れてないでしょ、力強く愛のために耐える女っていうの。気に入った？　見てよ、わたしがどうなってるか！　血を流して殴られて、愛を勝ち取ったの、違う？　殴られるのはもう十分、今度は愛して、（軽く勢いをつけて）押し倒してよ、ねぇほら！

フリッツ　（ホラー映画でも見るかのように彼女を見つめる）

ミッツィ　（静かに）サディズムのあとは愛でしょ。

フリッツ　（へたばって）サディズムのあとは死だな、これで解放されないとなりゃ。

ミッツィ　そんなのない。殴るだけじゃイヤ、今わたし、愛を勝ち取ったのよ。ねぇ、愛って言ってるのは、殴られたのと同じ分のセックスを手に入れるってこと、それって当然でしょ。学識あるフローリストを血まみれになるほど殴っておいて、タダじゃ済まないわ。あなたのためを思って言ってんのよ、（へとへとになって）セックスして、じゃなきゃ警察呼ぶから、セックス！

フリッツ　（じっと見て、身を離し、頭が混乱して、発作的に走り去る）

ミッツィ　（完全にへとへとになり）セックスって言ってるでしょ、セックス。セックス。セックス。セックス。セックス。セックス。セックス。セックス。セックス。セックス。セックス。（これは延々続いてもかまわない）

第七場

生花園の入り口。フリッツとミッツィが来るのを、オットーが見ている。

フリッツ　（オットーが見ているので）原付で転んじゃって。

オットー　で、ミッツィは？

フリッツ　いっしょでした。

オットー　（彼女を見つめて）こいつは面白い。

ミッツィ　（皮肉っぽく）ありえることじゃないですか？

オットー　（うなずく、フリッツに）手作業からパートナーシップに鞍替えってわけか、はん？

フリッツ　僕たち、映画に行こうとしてたんです。

ミッツィ　そんなバカにした言い方はないと思いますけど、ホルデンリーダーさん。そもそもごらんのとおり仕事に来てるんだから、喜んでくださるでしょ？

オットー　君は口のほうも開けっぱなしだな、近頃じゃ。

ミッツィ　いけませんか。

オットー　いや、全然。（両者を見て）びっくり、びっくり。（にやにやして、退場）

第八場

夜のベッドの中、ヒルデとオットー。オットーは何度も興奮してヒルデを凝視する。

オットー　言うことはもうねぇんだな。

ヒルデ　だって原付で転んだっていうんなら。

オットー　（にやにやして）原付に傷はついてなかったぞ。（短い間）あいつがあの女とよろしくやってたみてぇに、なぁ、昔は俺もおまえと――いや、あんな感じなのかねぇ、愛し合ったあとの俺たちも？

ヒルデ　まさか。

オットー　（どちらかというと同意しつつ）おまえの弟は、ますます驚異の対象になってくるな。

ヒルデ　あたしが知ってるあの子は全然――そんなんじゃない。

オットー　わかってる、わかってる、だが、あいつのやらかすことはどうやら例外だらけのようだ。（待ち焦がれているかのように）俺がもしこの件を訴えたら、あいつも思い知るだろうがな。

ヒルデ　（見る）

オットー　（もったいつけて）なぜなら、彼が彼女と寝たことは、私には、お祈りのあとのアーメンのごとく明白であるからです。彼が彼女と寝るということは、彼は薬を飲んでいない、薬を飲んでいないなら、彼は保護観察期間の義務を怠っていることになり、義務を怠っているならば、再び収監されなければならないのであります。

ヒルデ　（まじめに）あんたがそうやって喋れば喋るほど、オットー、あたしどんどん怖くなってくる。

オットー　誰かが手を汚さなきゃならん。（少しの間）俺はどっちみちあいつを訴えたりしねぇ。言ってるだけだ。だけど、やつが本当に薬を飲んでねぇとしたら、ミッツィの様子をよく見とけよ。（熱くなって）監視の必要がありそうだ。やつも薬を飲まざるをえんだろう、俺がそばにいて、実際に飲み下すまで見張ってりゃな。

ヒルデ　ばかばかしい。

オットー　あいつは去勢しないかぎり、俺たちと変わりのない普通の人間なわけだが、そこが危険なんだ。（短い間）それに去勢したところで百パーセント安全じゃない。なんたって自然の欲求だ！　豚にはあることでな。去勢職人がやって来て、フクロを切り裂いて、タマを出すんだ。ところが肉屋の望み通りにいかない豚がいる。やつらはタマを腹ん中にこっそり引っ込める、わかるか、（にやにやして）そうやって自分がオスだってことを隠すんだ。そういうやつの肉はダメになっちまう。専門用語まであって、よくあることなんだ。

ヒルデ　（見る）

オットー　（うなずいて）自己保存本能から去勢に抵抗する、そういう雄豚のことをヌッサー[★8]っていうんだ。肉が硬くて苦味があるんだな。

ヒルデ　弟は豚じゃない。

オットー　（熱っぽく、ほとんど震えながら）わかってる、わかってる、いろいろと考えてみてるだけだ。

第九場

飲み屋のトイレ。オットーとフリッツが小便をしている。オットーはフリッツを凝視する。

オットー　近くなるな、ビール飲むと。

フリッツ　そうですね。

オットー　それにしても、俺は君を楽々飲み負かしちまいそうだ。俺はジョッキ四杯、君はたったの一杯。

フリッツ　あんまり飲むなと言われてるんで。

オットー　君の（笑って、動作をして）食欲抑制剤に合わんだろう、ビールは。

フリッツ　そうですね。

オットー　俺はかまわんぞ。

フリッツ　医者の言うことをきいておきます。

オットー　医者にかからなきゃならなくなったら、どっちみちもうおしまいだ。

フリッツ　病気じゃないんで、そういうんじゃないです。

オットー　（彼を見て）俺なら自殺しちまうんじゃないかな、君みたいになったら。

フリッツ　（こわばり）へこんじゃいられませんから。

オットー　（うわべを装い、にやにやして）萎えちまったようなもんだろ。

フリッツ　（放尿を終えて、ズボンの前を閉めようとする）

オットー　いまさら恥ずかしがるなって、見せてみろ。同じ釜のメシ食ってんだから、ちょっとぐらい見たってかまわねぇだろうが。

フリッツ　見たきゃ、見りゃいいでしょ。（オットーに自分の性器を見せる）

オットー　（見て）いたって普通だ。

フリッツ　（うなずく）

オットー　大量の薬のせいで縮こまってるもんだと思ってたからな。それも、ちっちゃいガキのぐらい。（見て）ちっちゃかねぇなぁ。

フリッツ　いつもこんなもんですけど。

オットー　そうか。（少しの間）ちゃんと規則正しく飲んでんのか、薬を、女みてぇに？

フリッツ　飲んでますよ。

オットー　（うなずき、うわべを装って）かといって君のような境遇にはなりたかねぇなぁ。（いきなり）それにエイズに効く薬ってのはまだないんだろ？

フリッツ　（見る）

オットー　（とっさに）ただの冗談だよ。

フリッツ　（でかい態度で）僕みたいな、刑務所を知り尽くしてる人間に向かって、そんなふうに来られちゃこまるな。

オットー （おずおずと）俺がどう来たって？

フリッツ （温厚に）ご多分にもれず、僕もいろいろと検査を受けましたよ。刑務所の集団検診で。

エイズ検査はまだ受けたことないですか？

オットー なんで俺が？

フリッツ （にやにやして）じゃあ、あなたは模範的な人間ですか？

オットー （面食らって）いやそんな、模範的じゃねぇにきまってる。

フリッツ そうでしょう、模範的な人間なんているんですか？

オットー （彼をじっと見る）

第十場

ビアガーデンで飲んだくれている。夜更け。

ミッツィ　もう帰ったほうがいいですよ、ホルデンリーダーさん。そのほうがいいと思いますけど。

ヒルデ　うちの人にそう言って、あなたのほうが効き目あるんじゃない。

ミッツィ　（小声で）ひどいってほどじゃありませんけど、あの二人の飲んべえ、でもこれ以上ひどくなったら、まずいと思うんです。

オットー　そこで何をひそひそやってんだ？

ミッツィ　（きっぱりと）そろそろ帰りたいと思って、ホルデンリーダーさん。

オットー　俺のビールはまだ飲み終わってねぇぞ。（フリッツに）乾杯。

フリッツ　（不安げに）乾杯。

オットー　（べろべろになって、おずおずと）服を脱いじまったら、素っ裸だ。

ヒルデ　そのとおり。（短い間、鋭く）もう帰りましょ。

オットー　おまえらに見せたかったなぁ、俺が見たもんを。（意味ありげに）皆さんご注目！　男の鼻を見りゃ男根がわかる、なぁフリッツ。しかし、皆さんにお聞かせするのは、何も新しい話じゃない、なぁミッツィ、君は事細かにご存知だ。

ミッツィ　（とげとげしく）何ですって？

オットー　そして欲望の成就には後悔無用、なぜならこの紳士は最新のエイズ検査を受けているからであります。ゆえに彼がわれわれに病気をうつすのは不可能で、せいぜいわれわれが彼にうつす可能性があるくらいなものです。

フリッツ　（気まずくヒルデに）何か言ってよ！

オットー　おう、何か言ってくれ、俺がまだ知らないことを。

ヒルデ　またぐでんぐでん、あんたの昔からの病気。車の鍵をよこしな。

オットー　俺の車だ、乗っけてもらいたいやつは申し出よ。

ヒルデ　車の半分はあたしのもん。

オットー　車の半分はこいつのだ、商売もな。何でもかんでも半分はこいつのもん。だからこいつも半分だけ（手振り）俺のもん。

ミッツィ　そんな話、全然聞きたくないです、ホルデンリーダーさん。（すっとフリッツのそばに寄り）何か言いなさいよ。あなたも男でしょ。

オットー　まさにそのとおり、こいつは男だ、それもご立派な。（ミッツィに）俺にもやらせるんだろう、ミッツィ、フリッツがいなけりゃ、（にやにやして）檻から放たれた野獣め。

フリッツ　（当惑して）檻から放たれた野獣、ってのはいいや。

オットー　（手をミッツィの太腿の間に）答えろ！　俺にもやらせるんじゃねぇのか、普通の人間の男にも、こいつがしゃしゃり出てこなかったら。

ミッツィ　（ヒルデのほうを見て）ホルデンリーダーさん、やりすぎですって。

フリッツ　（とっさに）その手をどけろ。

オットー　（荒っぽく）ご指摘どうも、だがうちの会社じゃ依然、俺がボスだ。（さらにミッツィをいじくりまわす）

フリッツ　（ヒルデに）僕のせいじゃない。

ヒルデ　またぐでんぐでんだよ、このいかれたエロじじい。

オットー　俺が何だって？

ヒルデ　いかれたエロじじい。

オットー　おまえ、そういうことを公衆の面前で言うんじゃねぇ。

ヒルデ　どこに公衆の面前があんのさ、あたしたちが最後の客だってのに。

オットー　（いわくありげに、おずおずと）木に耳がないなんて保証はねぇぞ。（ミッツィに）うちのやつがいなきゃ、俺はまだ男でいられるんだがなぁ。フリッツみてぇに、やることはやって、そのせいで監獄行きになっても。（熱中して）それでもやつはオスをやめねぇ。

食欲抑制剤を（ファックの動作）飲んですら。（荒っぽく）男ってのはつねに逃げ道を心得てるもんだ、なぁフリッツさん！　男には男の自然の欲求がある。なのに、女は気を持たせてじらしやがる、まっとうな男からは逃れられねぇ、逃げちゃまずいことになるって、わかってるからな。（息をつき、ヒルデをじっと見て）結婚すると、まず最初になくなるのが自然の欲求だ。

ミッツィ　（ヒルデに）だからこれ以上ひどくなったら、ほんとにまずいんですって。

フリッツ　（懇願するように）おとなしくしてよ、オットーさん、こんなこと何にもならないって。

ヒルデ　（やけになって）ほっときな、あたしの亭主なんだから、いいから喋らせといて。

オットー　そのとおり、耳ある者は聞きたまえ。おまえは墓場と貯蓄銀行の臭いがする。（荒っぽく、やけになって）墓場と貯蓄銀行の。（はあはあ息をして）フリッツ、よく聞け！

フリッツ　（途方にくれ、疲れ切って）落ち着きなよ、オットーさん、結婚してんだから。（大声で）おとなしくしろ。

ヒルデ　（勇気を出して）オットー、最後のほんのちょっと、かろうじてあたしたちを繋ぎ止めてるものに免じて、フリッツの言うこと聞いて、あたしに車のキーを頂戴。

オットー　かろうじて俺たちを繋ぎ止めてるもんって何だ？　絶望か。

ヒルデ　（彼をじっと見る）

オットー　こいつは黙ってる、やましいところがあるからな。

ミッツィ　黙ってるのは、ほかにどうしようもないからですよ、ホルデンリーダーさん。

オットー　ほかにやりようはあるさ、こいつのことは俺のほうがわかる。

フリッツ　オットーさん、ほんとに、もういいでしょ。（やけになって）もう限界だ。

オットー　俺はもうとっくに限界だ。（ヒルデに、荒っぽく）何がやれるってんだ、でっぷりした尻下げて寝そべってマグロになってるよりほかに。週一回は義務、いい子にしてりゃ二回、あとはもう昔の話。（息をつき、汗をかき、やけになって）せいぜい俺を侮辱すりゃいいさ。後ろにはでっかすぎ、前にはちっちゃすぎ、ってな。（荒っぽく）いつになったら身を投げ出していただけるんだか、逃げ口上いっさいなしで、（やけになって）ほかに何もやれねぇんだから。

ミッツィ　（むしろフリッツに）身を投げ出してみたところで、まともにできなかったりして。

オットー　（どぎまぎすることなく、ヒルデに）いやいや、この女とのセックスほど気の抜けたものといったら、クソですらない、まあ俺には少なくともここに南ドイツ女がいる。

ミッツィ　何てこと！

フリッツ （途方にくれ、泣きそうになりながら）あんたたちといると恥ずかしくなるよ。

オットー 恥ずかしがることなんかねぇぞ、見せてやりゃいいじゃねぇか、それにひきかえ（自分の下半身を見て）おまえは哀れにもくたばっちまってるなぁ。（自分のペニスを取り出して見つめ、ヒルデを睨んで）この女のせいだ！

フリッツ だめだよ、オットーさん。（ヒルデに）僕のせいじゃない。

ヒルデ （睨み返して、オットーに飛びかかって彼のズボンのファスナーを閉めようとするが、彼はそれを阻止する）

ミッツィ （興奮して見つめ、震えている）

オットー どうした、ミッツィ、君が慣れてるのは、全然違うタイプのやつだろ。（自分のペニスを指して）こいつのありのままの姿を見てやってくれ。（やけになって）皆様にお尋ね申し上げる、この哀れなやつは彼女のでっぷりした尻の穴にはでかすぎるのでしょうか？

ミッツィ （こわばる）

ヒルデ （唖然とする）

オットー （フリッツに）さあ、おまえのを出せ、そいつは薬飲んでるくせに、俺の倍はでかいぞ。

フリッツ だめだよ、オットーさん、悪気じゃないにしろ、（やけくそに叫んで）おとなしくして。

ミッツィ （こわばり、熱くなって、息を詰まらせる）

ヒルデ （冷たくこわばる）

オットー （荒っぽく）皆チンポを出せ。ひとつひとつ価値があるんだ。チンポを引っぱり出せ！（フリッツを追いまわして、とっつかまえ、彼のズボンを引きずりおろし、シャツを引き剝がし、等々）

フリッツ （震えながら立っている、裸で、惨めに）

静寂。皆、呆然と二つの性器を凝視する。ヒルデは無意識のうちに手を組み合わせて下腹部を防御している。ミッツィはあたふたと興奮し、震えている。間。

フリッツ （ショックを受け）じゃあ、僕は知らないから。（ズボンを引き上げる）

ヒルデ （力が抜け、冷たく）車のキーを頂戴。

オットー （彼女に渡して）そうだな。（彼は服を着る）

再び静寂、硬直、信じがたい驚愕。彼らは狩り立てられたように走りまわる、自分をあるいは出口を探し求めるかのように、よろめき、つまずき、不安定。最後にヒルデが退場。

オットー （ヒルデをじっと目で追い、やけになってミッツィに）ミッツィ、君は俺の慰めだ。

ミッツィ わたしも気分が良くない。（フリッツに）支えて。

フリッツ 自分で支えろよ。（呼びかけて）ヒルデ、僕だよ、弟だよ、待って！（彼女を追いかける）

間。オットーとミッツィはお互いをじっと見る。

オットー ミッツィ、俺は何にもやらしてもらえねぇ。

ミッツィ （当惑し、へとへとになって）そんなひどいことにはならないでしょ。

オットー しかし、俺の義理の弟ときたら、チンポにひけをとらず堂々としてやがる。

ミッツィ （叫ぶ）あののろまで臆病な卑怯者。（ずいぶんおずおずと）女は殴られてればいいってもんじゃないわ、ホルデンリーダーさん。あの人、殴る以外何もしないの、これはあなたを信頼して言うんだけど。

オットー (混乱して) やつが何もしないだって?

ミッツィ (荒っぽく) そう、口では大きなことばかり言って、わたしにちっちゃな針一本、刺し込む勇気もない、ガチョウみたいに臆病なやつ。

オットー ちっちゃな針一本も?

ミッツィ そう。

オットー そんなのすぐやってやる。(彼の帽子または彼女のダーンドゥル[★9]から飾りピンを引っこ抜く)

ミッツィ (淫らに甲高く叫ぶ)

オットー つまり、やつには勇気がねぇんだな?

ミッツィ (叫ぶ) つまり、勇気がないのよ。

オットー (熱中して) じゃあ、やっぱりねぇんだ?

ミッツィ (熱くなり) ない、ない、全然ない。

オットー (突然ばかでかい声で) ミッツィ、俺はおまえが好きだ。

ミッツィ (不安げに) わたしもあなたを、ホルデンリーダーさん。

彼らは重なり合って倒れ込みファック、やがて喘ぎながらいっしょに声を震わす、静寂。

ミッツィ （恍惚から醒め、安堵し、非常にゆっくりと）羽目はずしちゃったってところよね、ホルデンリーダーさん。さてと、いつもの生活にもどらなきゃ、でないと変に思われる。

オットー （幸せそうに）ああ。

ミッツィ 一回じゃ数のうちに入りませんから、お願いしますね、ホルデンリーダーさん。

オットー 一回はでかい。（目を輝かせて彼女を見る）ミッツィ、愛してる。

ミッツィ もう、そんなこと言わないの。

幕、休憩。

第三幕

第一場

卵つきのひどい朝食。オットーとヒルデはかなり消耗している。ヒルデが最初の言葉を絞り出すまで非常に長くかかる。彼女はオットーを疑惑のまなざしで見つめる、彼は朝食に専念しているふりをする。

ヒルデ　（息を詰まらせて）頭冷やした？

オットー　（赤い顔で）ミッツィは手放せねぇ、俺には必要だ、商売なんかやめちまったっていいが、男の欲求を手放すわけにはいかねぇ。

間、ヒルデはこわばる。

ヒルデ　（あらがって）あたしが相手じゃだめなの、あんたの男の欲求は？
オットー　（ぼんやりとまじめに）自分の胸にきいてみろ。

大きな間。

ヒルデ　（じっと見て）で、これからどうなるの？
オットー　仕事はここ、ベッドはミッツィんとこ。
ヒルデ　じゃ、食事は？
オットー　マクドナルドでいい。

間。

ヒルデ　禁治産宣告されるわよ。
オットー　（彼女を見つめて）愛があれば、そんなことにはならん。

ヒルデ　それって愛なの？

オットー　こっちの（こわばり）もう片方のは、違法じゃねえけどな。

ヒルデ　（じっと見て、ヒステリックに笑う）

オットー　（彼女を見つめ、憎しみに満ちて）この年増の欲求不満のクソったれが。

ヒルデ　（間髪入れず）じゃあ、誰のせいでそうなったのさ？

オットー　なんだって？

ヒルデ　（彼を見つめる）

オットー　（気後れして、やたら念入りに口元を拭き、立ち上がって、退場）

ヒルデ　（彼をじっと目で追い、息をつき、落ち着こうとするが、逆の感情が呼び起こされる）

第二場

温室の中、暑く、明るい。ヒルデとミッツィ。ミッツィは現場を押さえられたかのように真っ赤。ヒルデの顔は緑がかっている。女たちは若木の植え替え作業中。慣れた手つきで仕事をしている。ほんの時折、一人が中断して、もう一人を長いこと、とんでもなく近くでじっと見ている。

ヒルデ あなたは無論、異常だわ、ミッツィ、そのことにちゃんと目を向けて。

ミッツィ (見る)

ヒルデ だからあなた、もともとあたしの弟に惹かれるものがあるのよ。類は友を呼ぶっていうでしょ。

ミッツィ (見て、こわばり)自分が異常だとは思えませんけど。

ヒルデ (うなずき)そりゃそうでしょう。(短い間)あたしたち皆、もっと若かったらねぇ……

ミッツィ わたしは三十八です。

ヒルデ そうよね、それで突然そんなふうになると。

ミッツィ (憤慨し)どんなふうにです?

ヒルデ (うなずき)こんな話したくないんだけど、あたし、立ち入った話って苦手だし、でもあなた、オットーにすべて許してるのよね、たとえばの話だけど、(小声で)あの人の妄想を何もかも?

ミッツィ　（見る）

ヒルデ　（うなずき）うちの人、今、体重も減って、やつれてきてるの。きちんとわきまえておいてね、あの人は一家の父親だってこと。商売ほったらかして、朝っぱらからビール飲んでるなんて、こんなことできれば黙っておきたいんだけど。

ミッツィ　ビールなら前から飲んでました。

ヒルデ　もっと量が少なかったわ。

ミッツィ　彼は今、自分でもびっくりしてるんだわ、また本物の愛に巡り合えたのが信じられなくて。

ヒルデ　それがあなたなの？

ミッツィ　彼はそう言ってる。

ヒルデ　で、何が言いたいの？（短い間）あたしの話を聞きなさい、あなたがあの人に尻を突き出したぐらいじゃ、まだまだ本物の愛にはなれっこない。（息をついて）本物の愛っていうのはね、商売を築いて、子供を作って、満ち足りたとき手に入るの。

ミッツィ　わたしにとっては、ほかのこと全部忘れてしまうのが本物の愛だわ。

ヒルデ　（うなずき）あなたの言い分も聞いておくわ。（短い間）あなた、良心の呵責ってものがまるでないの、ズージィの顔をまともに見られるわけ。あなたに父親を奪われた子供の顔を。

ミッツィ ズージィにはもう長いこと会ってないわ。

ヒルデ あの子をよく見て、自分の良心を試してみることね。（短い間）確かにミッツィ、あたしたちは性におおらかな時代を生きてる、（息をついて）その点は、あなたの言うとおりよ。でも神様は何でもお見通し。あなたほんとに神様を信じてるの、ミッツィ？

ミッツィ ええ、そりゃ。

ヒルデ じゃあ畏れを知りなさい、それとも、神様なんてどこの馬の骨とも知れない風来坊ってわけ？

ミッツィ なんでそんなことを？

ヒルデ 無邪気な質問だこと、この女ったら。お待ちなさい、これはあなたのためを思って言ってあげてるのよ。

ミッツィ どうすればいいんです？

ヒルデ オットーとの関係を断って、ここから出てってやり直しなさいな。

ミッツィ あの世で？

ヒルデ　好きなとこで。
ミッツィ　そんなの死んだほうがまし。
ヒルデ　（大声で）だけど、あの人あたしの亭主なのよ、この馬鹿女。おまけにあたしの子供の父親で、あんたのボス。
ミッツィ　（叫ぶ）だけど愛してるの、オットーを、あたしのオットー、どこにいるの?
ヒルデ　（そっけなく）シャクナゲのとこ。ねぇミッツィ、どっちにしても謝るわ、生花園は特別な場所。そこら中で花が咲いて、ひとつひとつの植木鉢から命が吹き出してくる、ただ自分だけは、その中に突っ立ってたって、言い寄ってくるタネやらクキやらがあるわけじゃなし。しかも向こう側は墓地。生と死に挟まれて気が変になっちまう。でももう限界。
ミッツィ　わたしは違う。
ヒルデ　（見る）
ミッツィ　（無遠慮に）わたしたち、彼をシェアしません?（相手の感情を害するように）そちらは喜んでというわけにはいかないでしょうけど。
ヒルデ　（真っ赤になって）あんたとシェアする気なんかないわ、ミッツィ、そんな必要ないもの、本気で言わしてもらうけど。まだあんたはうちの雇い人、雇い主じゃないの。あたしがオットーにたった一回でも尻を突き出しゃ、あんたなんかお払い箱。

ミッツィ　そうは思わないわ。（短い間）あなたご存知なのかしら、オルガスムスってどんなものか？

ヒルデ　（怒りをこらえてまじめに）きまってるでしょ。

ミッツィ　おまえ長いなぁ、ってオットーが言うの。

ヒルデ　そりゃよかった。

ミッツィ　男にとって絶頂の瞬間とは、女がオルガスムスに達したとき――

ヒルデ　――ってオットーが言うんでしょ。

ミッツィ　（見る）

ヒルデ　おめでと。

ミッツィ　ひょっとして――女同士のよしみで話してよければ――あなた一度婦人科を訪ねてみたらいいんじゃないかしら、体に何の異変も起きないっていうんなら。いいお医者さんご存知、それともあたしのかかりつけを紹介しましょうか？

ヒルデ　（もう我慢できず、真っ赤になって、ピリピリと痙攣する）

ミッツィ　婦人科の治療は効果抜群かもしれませんよ。もしかして、あなたがおっしゃってる痛みっていうのも、更年期の前触れじゃないですか、ホルデンリーダーさん、でもそれだったら何か効くのがありますよ、それで十年は老化を遅らせることができるわ。
ヒルデ　（ミッツィの前に、威嚇的に立ちはだかる）
ミッツィ　何なんです？　あなたのためを思って言ってるだけなのに。
ヒルデ　（吐き出すように）汚らしいメスブタ。
ミッツィ　（誇らしげに）そういう物言いはたいてい高くつきますよ。でもあなたみたいな女は大目に見てあげないと。
ヒルデ　あたしがどんな女だって？
ミッツィ　（見下して）欲求不満のメンドリさん、素敵なダンナさんを五回も起こしてあげるのは無理でしょうけど。
ヒルデ　（憎しみを込めて）で、どうやって起こすわけ？
ミッツィ　（誇らしげに）彼という人を知り、持てるものを与えることによって。
ヒルデ　それだけ？
ミッツィ　くだらない質問ね、奥さん。（誇らしげに退場しようとする）

ヒルデ　（じっと見て、突然、植木鉢を彼女の背後から投げつけ）ほらよっと。

ミッツィ　吼えてりゃいいわ。（昂然と頭を上げて立ち去っていく）

第三場

儀式、部屋、フリッツ。フリッツには突然たくさんの吹き出物ができており、見た目には、太って明るく、さらに若々しくなっている。フリッツは部屋の中で、自分と家具の位置をある秘密のプランに従って動かしている、しかしそのプランは完全に固まっているようで、机などが——秘密に満ちたコーディネートシステムに対して——一センチずれただけで、それが彼を絶望に陥れる。重要なのは、彼の行動を貫く完璧主義であり、あまりうまくいかなかったときの、彼の絶望、彼の苦悩である。フリッツは部屋のシンメトリーを達成しようとする、つねに、いつでもどこでも、タンスの鏡に映る自分を観察できるように……

時折、彼は部屋の遠い角である動作をする、すばやくセーターをたくし上げ、あるいは（もしかすると着ていた）コートの前を開き、鏡を見据え、自分の姿を見て、驚き、陽気に笑い、にやにやして、すぐまたやめる。その際、低くうなり、甲高く叫び、うめき声をもらすフリッツ。この全てに五分かかってもかまわない、つまり舞台上のおそろしく長い時間。

フリッツ （鏡に向かってにやにやしながら）痕跡を作り、痕跡を消す。そこがミソだ、フリッツさん、わかってるだろうな。そして俺たちに近寄るやつは（ズボンの前から発射するかのようなふりで）ドピューン、ドピューン、ドピューン。（喜んで、それを繰り返し、仮想上そこにいる全員を撃ち抜く。それから鏡の真正面で）これで全員、まんまとハメましたね、フリッツさん、被害者は非公開で真相を知る、ってわけ。こいつはたまんねぇ。（何かしようとする素振りで）俺たちは撃って道を切り開く、でも血は流れない。ダメなものはダメ。（わき起こってもいない情熱を演じ、彼の「覚醒」を演じ、身をぶるぶる震わせて、ドアへ駆け寄り）もう一度のぞき窓を開けてくれ！（監房にいるかのように振舞って）人生は続き、衝動は去る。愛想のいい顔をするんだ。

第四場

昼食の時間、屋外の緑地の墓石と花に囲まれた場所。オットー、ヒルデ、フリッツ、ミッツィはかなり軽装、暑い、皆腹が減っている。
絵に描いたように鬱蒼とした、ほとんど農村の風景。
大きな間を挟んで、三分間、がつがつむさぼり食う場面、無言のままあちこち食べ物が行き交う。むっとするような暑さ、渇き。

フリッツ　（むさぼり食う、まるで囚人のよう）信じられないうまさ。

沈黙。

フリッツ　（何の気兼ねもなく、ジョークを言って）手料理かマクドナルドか、それが問題だ、姉さんの手作りだって知らなきゃの話だけど。（にやにやする）

ヒルデ　（真っ赤になる）

皆、見て、黙る。

オットー　誰も口をきかなきゃ、さっさと食っちまえる、時間通りに仕事再開だ。（時計を見て）何事にも利点はあるってことよ。（立ち上がる）

フリッツ　（それにもかかわらず）僕にはうまいよ。

ミッツィ　（皮肉っぽく、息を詰まらせ、当惑しつつ）ホルデンリーダーさんがお料理上手ってことは、皆知ってるわ。

オットー　そのとおり。最初に仕事にかかるのは誰かな。俺か。（いやいや立ち去る）

フリッツ　（見て、事情がのみこめず、にやにやして）僕じゃない。

第五場

ミッツィのアパート。オットーとミッツィ。彼女は彼にいい思いをさせたいと、彼は忘れがたいほどいい思いをしたいと欲している。二人とも最悪。二人とも惨め。欲求不満で病気の二羽の闘鶏が、偶然、貼り合わされたように交尾しているといったふう。

ゆっくりとした険悪な場面。

オットー これ以上は無理か、どうだ？

ミッツィ 完全に入ってる。

オットー よし、じゃ、一発いくぞ。

ミッツィ ドピューン。

オットー よくねぇのか？

ミッツィ （いやいや、悲しげに）よかったわ。（短い間）うっ。

オットー 痛むのか？

ミッツィ ええ。

オットー いい子だ。少なくとも何か感じてるってことだからな。（短い間）これでよしと。

ミッツィ わたし知ってるのよ、ドピューンの正体。

オットー　どういうことだ？

ミッツィ　エス[★10]っていうのがドピューンをやりたがってしょうがないの。

オットー　エスって誰だ。

ミッツィ　エスはエスよ。

オットー　（にやにやして）おまえの卵巣に十二発も撃ち込んでやった。

ミッツィ　ええ。

オットー　ミッツィ、おまえはとんだメスブタだが、俺はおまえが好きだぜ。

ミッツィ　もうたくさんよ。（彼から離れようとする）

オットー　ここにいろって。（彼女を引き止める、短い争い）

ミッツィ　（フリッツのときと同じくヒステリックに）ほっといてってば、ホルデンリーダーさん、わたしの城からとっとと出てって、でなきゃ、警察を呼ぶわよ。

オットー　（残忍に）ミッツィ。

ミッツィ　ミッツィとはおしまい。もうやめて、むかむかしてくるから。

オットー　最高級のシャンパンじゃねぇが、高かったんだぞ。

ミッツィ　ごめんなさい。ここにいるわ。

オットー この欲求不満のメンドリが。(短い間) それに、フリッツにゃ見込みはねぇぞ、言っとくがな。

ミッツィ 知ってるわよ。どうもご親切に。

第六場

墓地にて、蒸し暑い。ミッツィとヒルデが、開いた墓穴のかたわらで花輪をアレンジしている。ヒルデは見たところ、落ちぶれて、やつれて、茫然自失のようす。ミッツィは普段より美しく、誇らしく、ややおどおどしている。ゆっくりとした熱い場面、軋轢が増す。

ヒルデ あなたにお願いがあるの、ミッツィ。

ミッツィ ご主人にお願いなさったらどうです、そのほうがうまくいくんじゃないかしら。

ヒルデ 自分が何を言ってるかは、わかってる。

ミッツィ わたしにはわからないかもしれない。

静寂、彼女たちは働き続ける。

ミッツィ　わたしがあなたみたいな状況になったら、一度よく考えてみるんじゃないかしら、自分が何か間違ったことしたんだって。

ヒルデ　こんなときは、考えなんて何の役にも立たないわ。

ミッツィ　ええ、彼はわたしを愛してるんだから、実際、何の役にも立たないでしょうね。

静寂。ヒルデに、張り裂けそうな衝動が働く。

ヒルデ　こうやってあなたの前にひざまずいてお願いするわ、ミッツィ、最後のお願いよ、夫と父親を返して頂戴。あの人なしじゃやってけないの。

ミッツィ　もう、ホルデンリーダーさん、汚れますよ、立ってください、お願いですから。

ヒルデ　言うことはそれだけ？

ミッツィ　お願いしてるでしょ、どうぞ立ってくださいって。

静寂。

ヒルデ (それから小声で) 売女。

ミッツィ そうね、ひざまずいてお願いしても、思い通りにしてもらえないとなりゃ、そうやって人を売女呼ばわりすればいいわ。

ヒルデ それは違う。

ミッツィ 自分の情熱を恥じることなんかない。オットーだってそう。のどが渇いて死にそうな人は、差し出された水に手を伸ばすでしょ。

ヒルデ じゃあ、あたしには誰が何を差し出してくれるのよ、売女。

ミッツィ もうたくさん、そんなふうに言わしちゃおけないわ。こういうのって、わたしから即刻、雇用契約の破棄を通告して、さらにあなたを名誉毀損で告訴する事由にすらなると思うけど。

ヒルデ じゃ、あたしは? あたしはどうすりゃいいの?

ミッツィ 愛は違法じゃないし、情熱も違法じゃないわ。それに、もう遅いくらいだけど、実は、生理もきてないの。あなたも小さな子供から父親を取り上げるつもりかしら。

ヒルデ　（彼女を見つめて）そんなことにはならない、警告しといてあげる、ミッツィ、スキャンダルはごめんだわ。そうなる前にあんたの腹から掻き出してやる。

ミッツィ　バカなこと言わないで、そんなの真に受けませんから、運がよかったわね。

ヒルデは息をつき、ミッツィを見つめる、彼女の目に涙があふれ出す。彼女は走り去り、別の墓穴のそばで立ち止まり、自分の体を支える、彼女の背中が震えているのがわかる。
ミッツィは彼女を目で追い、口元にふと笑みを浮かべ、仕事を続ける、静寂。
ヒルデは振り返って、戻ってくる、ミッツィのそばで立ち止まり、彼女を見つめる。

ヒルデ　（静かに）あなたの思い込み通りにはいかないわよ、ミッツィさん、賢くおなりなさい。

ミッツィ　すべて思い通りにいくわ。

ヒルデは彼女を見つめ、振り返り、恥じ入って、再び走り去り、背を向けて立つ。
ミッツィは終わるまで仕事を続ける。

ミッツィ　さ、終わりましたよ、ホルデンリーダーさん、よろしいですか？

彼女たちはお互いをじっと見る、少しの間。

ヒルデ　あたしをこんなふうに置いてきぼりにしないで、ミッツィ。
ミッツィ　置いてきぼりになんてしてません、いっしょに来ればいいじゃないですか。
ヒルデ　あなたと行きたいんじゃない、話したいの。
ミッツィ　よしてください、もう十分話したじゃないですか、話は全部終わったわ。
ヒルデ　（ほとんど独り言で）そうね。

静寂。突然ヒルデがミッツィめがけて突進し、そのせいでミッツィは倒れて、叫び声を上げる、ヒルデは彼女に飛びかかる。彼女たちは格闘する。ヒルデのほうが強く、ミッツィをさんざんぶつ、ミッツィは起き上がれそうになるが、ヒルデは彼女を突き放す、ミッツィは開いた墓穴の中に転げ落ちて、叫ぶ。ヒルデは墓穴の残土から両手で石をひとつ取る、ミッツィは大声でわめく、ヒルデは投げそこなって、石が彼女の手から滑り落ちる、彼女はまた別の石を取り、それを墓穴の中に投げ込む。

ヒルデ　（息を切らして）さあ、一生に一度くらいはいい子にして、その中入って、言うとおりにするんだね。

ミッツィ　（大声でわめく）

ヒルデ　聞いちゃいないね、このあばずれ。聞こうっていう気がないんだから、そうやってずっと入ってりゃいいさ、泣き叫んで世界中を呼び集めるようなまねするんじゃないよ。

ミッツィ　死んじゃう。

ヒルデ　それはあんたの自業自得、言っても聞かないやつにゃ、身をもってわからせなきゃ。

ミッツィ　聞いてましたって。

ヒルデ　（墓穴の中を見つめて）安らかにお眠りなさい、ミッツィ、あんたのためを思って言ってるの。

ミッツィ　そうでしょうとも。（よじ登って脱出する）

二人の女はお互いをじっと見る。

ミッツィ　（途方もなく驚いて）こんなに冷たくなってる。

ヒルデ　（彼女を腕に抱く）

ミッツィ　でも、わたしを殺すんでしょ。

ヒルデ　そんなこと言わないの。おばかさん。

ミッツィ　（へどを吐き）死ぬかと思った。

ヒルデ　冗談だってわかるでしょ。神よ、あなたはあたしを砂漠へとお導きになりました。主よ、もう彼女に腹を立てたりしません、彼女があたしの夫を尻をつかって背かせようとしたことに。彼女を許します、主も彼女を許したまえ。安らかなれミッツィ！　あたしはただの哀れな罪深き女。

ミッツィ　（やけっぱちに）じゃあ、わたしは何なの？

第七場

墓地のトイレで熱いレモネードを手に。ミッツィとヒルデは取り乱している。

ミッツィはこの事件に、ヒルデは自分自身に。

ミッツィは自分を応急「修理」する。ヒルデは全身震えて、完全に動揺している。

二人とも、頭を壁に打ちつけたあとのよう。ミッツィは大声を出し、取り乱して追及する。

ミッツィ　（トイレにバリケードを築いて、追っ払って）死で脅かそうったって無駄。前はよく勘違いしてて、何か恐ろしいことなんだろうと思ってたけど、どうして死ぬのが特別なことでなきゃいけないの。

ヒルデ　脅かすつもりはないわ、ミッツィ、だけど、どんどん言葉がつっけんどんになっちゃって、あんた聞いちゃいないんだもの。

ミッツィ どうしてわたしだけが聞かなきゃいけないの、ほかの人はよくて?

ヒルデ 人それぞれの道があるの。

ミッツィ わたしだってわが道を行きたいわ。

ヒルデ あんたはダメ。ほとぼりがさめるまで静かにしててちょうだい、さもないと、思い知るわよ。

ミッツィ また殺そうって魂胆ですか、これっきりだって誓ったくせに。(ヒルデを見つめて)ホルデンリーダーさん、気を落ち着けて。人生は情熱の赴くまま、っていっても、やりすぎはだめ。

ヒルデ 悪かったわ。

ミッツィ (追及して、ヒステリックに)さっき本当に殺そうと思ったでしょう、(明るく)白状したらどうです、ホルデンリーダーさん。

ヒルデ ごめんなさい。

ミッツィ (こわばり)誰かが自分を殺そうとするなんて、考えてもみなかった。ほんとに初めてよ。

ヒルデ まだ生きてるじゃない。

ミッツィ　ええ、でもかろうじて、（ほとんど嬉しそうに）もうすんでのところで、でしょ？
ヒルデ　二度としない、誓うわ。
ミッツィ　（ヒステリックに）でもあなた、オットーの体はさほど愛してないんでしょ、だったらむしろ嬉しいんじゃないんですか、彼の――バカげた思いつきにつきあってくれる相手がいたほうが。
ヒルデ　人間って、全部ひっくるめてのもんでしょ、結婚も。
ミッツィ　でもオットーはわたしを愛してる、わたしは自分を押しつけたりしませんから。
ヒルデ　押しつけるのはあの人のほうよ。
ミッツィ　彼は、選択の余地なんてほとんどくれなかった。
ヒルデ　うちの人のガラじゃない、選択の余地なんて。
ミッツィ　（勇ましく）じゃあ、一度は数に入れないことにします、でももう一度わたしを殺そうとなさるんなら、あなたを告訴しなきゃなりませんね。わたしだって人間ですし、法と愛に対する権利ってもんがあります。
ヒルデ　じゃ、あたしは？
ミッツィ　（大声で）わたしの愛人と十年以上も結婚してるくせに、今になってそんな質問してる場合じゃないでしょ。

ヒルデ　(見る)

ミッツィ　どうですこのザマ、こんなわたし、愛してくれる男なんかいると思います？

ヒルデ　青ざめて傷だらけ、でもだからこそ、とっても魅力的な感じよ。

ミッツィ　(声を弱めて)わたし、皆が思ってるほど強くなんかないんです。

ヒルデ　あんたのこと何も悪く思ってないから。

ミッツィ　一人でいるとなんだかタフになっちゃって、女らしくするのって苦手で。

ヒルデ　(暖かく)もう決してあんたに手出しはしないわ、ミッツィ、自分でわかるの、あんたもわからない？

ミッツィ　(見る)

ヒルデ　このあたし、ホルデンリーダー夫人のことなら、とにかくもう怖がらなくていいわ、もしものときは、今度は夫を殺す。

ミッツィ　あなたがそういう血なまぐさいことやりだすから、この二週間、悩まされっぱなしだわ。

ヒルデ　(まじめに)あたしも。

ミッツィ　（あらがって、泣き喚きそうに）もしわたしがあなたの弟さんを好きになったとして、彼を自分のものにするために闘うとなったら、そのときは、わたしを墓穴に放り込もうにもタダじゃ済まないわ。今度はわたし、反撃しますから。

ヒルデ　あんたフリッツが好きなのね。

ミッツィ　好きになれるもんなら。でも彼、狂暴になっちゃうんです、好かれてるってわかると。

ヒルデ　ええ、そういうの嫌がるの。

ミッツィ　そうなんです。

ヒルデ　（小声で）女はいつまでも同じだけど男は女次第で別人になる、って読んだことあるわ。（短い間）もっとじらしてみなさいな。

ミッツィ　（見る）

ヒルデ　（うなずく）

ミッツィ　じゃあ、帰って週末の延長でもしますか。ましな鏡が欲しいわ、こんな日のあとは。

ヒルデ　そうよ、ミッツィ、そのくらいちゃんと稼いでるんだし。

第八場

屋外で仕事中。フリッツが大きめの果樹（鉢植え）を持ってくる。オットーが切り整える。フリッツがそれをもとの場所へ戻す。

オットー　結婚は生易しいもんじゃないぞ、フリッツ、わかるか。（少しの間）誰もが問題を抱えてる、おまえだけじゃない。（間）おまえは運がいいほうかもしれんぞ。女を見つくろって脅かしてシコシコやって、長居は無用で、ヴィネトゥ[★11]みてぇに砂埃にまぎれてずらかっちまうんだから。

フリッツ　（ぎこちなく笑う）

オットー　（彼を見て）それにしても抑えのきくやつだな、そう言ってしかるべきだ。（わずかな間）俺らが殺し合いを始めても、おまえは突っ立って見物してる。

フリッツ　ただ姉さんがかわいそうで。

オットー　（彼をじっと見て）そうだな。（間、突然）ミッツィは欲しくねぇのか？

フリッツ　（いらだつ）
オットー　ためしに――
フリッツ　（間髪入れず）僕のタイプじゃない。
オットー　（おずおずと）ほんとは俺のタイプでもねぇ。
フリッツ　でもダメってわけじゃない。
オットー　うんうん。
フリッツ　（まじめに）ほんとは、女のしとやかさってのがたまらなくいいんだ。
オットー　おまえのを見てみな、そいつがよく知ってら。
フリッツ　（ほほえむ）
オットー　（彼を見て）おまえだいぶ落ち着いたな。鎮静剤のおかげか、その落ち着きは？
フリッツ　そうです。
オットー　別の想像してたんだ。おまえの気があんまり高ぶっちまうんで、始終落ち着かせなきゃなんねぇもんだと思ってた。（彼をじっと見て）見当違いだったな。
フリッツ　ずっと落ち着いてましたよ、姉さんに聞いてみたらどうです。
オットー　だが、おまえはグツグツ、グラグラ煮えたぎってるやつだ。

フリッツ　そんなに煮えたぎってなんかないです。
オットー　俺からみればそうだ。
フリッツ　何が何でもそうだと言い張りたいんですか？
オットー　そう、ドカーンてな具合。
フリッツ　（専門家として）それなら、あなたの負けは決まりました。刑務所に入って学習するんですね。やりたいことはやっちゃいけない、やりたいことをやってよければ、刑務所に入れられる理由もなくなります。
オットー　やりたいことってのは本能だろ。本能を封じ込められちゃ、負けは決まりだ。
フリッツ　そんなふうに気楽に言えるのは、あなたが普通の人だからですよ。
オットー　おまえの姉さんは違うこと言ってたな。
フリッツ　浮気するからでしょ。母さんがいつも言ってた、弱い男にかぎって浮気するもんだって。
オットー　（見る）
フリッツ　でも、それで普通なんだ。僕は僕でいようとすると罰を受ける、そんなの変でしょう。
オットー　（こわばり）そうなったら、俺なら自殺するな。

フリッツ　（軽く）自殺することなんかない、別人になりさえすればいい。

オットー　そりゃ無理だ。（短い間）アスパラガスを植えたらそいつはアスパラガスで、樅にはなりゃしねぇ。別のもんにならねぇで、くたばっちまうかもしれんが、それでも自分に忠実であり続ける、そうするしかねぇからだ。

フリッツ　（喜んで）人間は違う。

オットー　人間にも根っこはある。

フリッツ　僕は違う。

オットー　いや、おまえもくたばるさ、干からびちまったら。

フリッツ　（静かに、こわばり）僕は違う。

間。

オットー　俺が思うにゃ、おまえみたいなやつは、相当やけっぱちになっちまってるんで、始終助けが必要だ。（短い間、彼を見て）俺の助けが要るか？

フリッツ　（軽く）もちろん。

オットー　嘘だな。俺の助けなんか要らねぇ、誰も要らねぇ。（彼を見て、ほとんど悪意で）もっと俺に助けてもらったほうがいいんじゃねぇのか。そのほうがいいぞ。おまえのためを思って言ってるんだ。

フリッツ　（不安になって）ええ、じゃあ、助けてもらうことにします。

オットー　（うなずき、彼をじっと見る）

フリッツ　オットーさん、僕はアスパラガスじゃない、人間です。植物にだってありますよ、ある種の植物に別種のものを接ぎ木することもできます。そうすれば一本の木にリンゴと梨がなる、（笑って）そういうこともあるでしょ。

オットー　だが、自然はそんな先読みはせん。

フリッツ　自然がどんな先を読もうが、僕の知ったことじゃない。自然は自然、僕は僕ですから。

オットー　（真剣に）そりゃおまえが間違ってる、そういう間違いは命取りになるぞ。

フリッツ　（はつらつと）出所のとき言われたんです、何事もポジティブに見ろって。

オットー　（うなずく）おまえか俺か、それが問題だ。

フリッツ　（見て）どうして？

オットー　おまえは何か病気を持ってる――エイズじゃないにしろ、（ほほえんで）ひょっとすると（当惑して）もっと質の悪いやつか。

フリッツ　何だっていうんです？

オットー　（ばつが悪くなり）考えとかなきゃならんことだ、悪く思うな。

フリッツ　僕がうまくやっていけないというのなら、出て行きます。

オットー　うまくやってるさ、あんまりうまくやってるんで、さっぱりわからん、おまえがここに居ていいもんかどうか、わかるか？

フリッツ　（見る）

第九場

寝室とキッチン。オットーはキッチンに座っている。にもかかわらずヒルデは、これ見よがしにシーツを取り替え、オットーを待っている。

ヒルデ　思ってもみなかった、彼女がこうもあっさり死んでくれるなんて。でも、人が死ぬのって、思ったより簡単なものね。

オットー 殺しってのは情熱的なもんだ。おまえのガラじゃねぇ。

ヒルデ 自分の女房にずいぶんね、あんたって人は。

オットー おまえがへばっちまうからだ。

ヒルデ 一日中だもの。あたしたち離れようにも離れられなかったじゃない、魔法にかかったみたいに。あの女、よくもしゃあしゃあと、あんたにくっついて、へばりついてきたものね。

オットー (クイズのように)彼女は自殺か、はたまた他殺か?

ヒルデ 自分で死んだのよ、あたしはあの女に、どういうことになるか目に物見せてやりたかっただけ。

オットー 俺の愛人をめちゃめちゃにしやがったのか?

ヒルデ 彼女が自分から墓穴に落ちてったんで、外へ出してやらなかっただけ、あんたから手を引くって誓うまでね。

オットー そんなことミッツィがするもんか。

ヒルデ だから死んだの。

オットー そこまですることなかったのによう。

ヒルデ　あえてそうしてあげたんだけど。
オットー　あわれなミッツィ。
ヒルデ　（満足げに）彼女、健康じゃなかったみたいよ。
オットー　なんでだ？
ヒルデ　女だから同性のことはわかるの。
オットー　でもベッドではピンピンしてたぞ。
ヒルデ　そんな話を、自分の夫から聞かされるとはね。
オットー　でも事実だ。
ヒルデ　まやかしよ、ベッドなんて、あんたまだわかんないの。
オットー　俺はミッツィを愛してる、誓って。
ヒルデ　彼女の想像しうる最高のお葬式を出してあげましょうね。
オットー　（不安げに）死ぬなんてあいつのガラじゃねぇ。
ヒルデ　どうやら、オットーっていう人には、尻を突き出したり、ア～ンとかハ～ンとか声を上げるより、もっと大事なことがあるって、証明してあげなきゃだめみたいね。
オットー　ちょっとぐらい声上げたって、バチはあたらねぇだろう。

ヒルデ　お望みとあらば。あんたはあたしの夫なんだから、あたしの領分を侵しておいて、電話したって来やしないやつなんか、苦しみゃいいのよ。

オットー　（にやにやして）苦しんで死ねってか。

ヒルデ　そう。

オットー　あいつ苦しんでたのか？

ヒルデ　さあね。最初に目に入ったのはあの女、次にあんた。で、そこへ殴りかかったら、彼女に命中した。あとは何にも目に入らなかったわ。

オットー　あわれなミッツィ。

ヒルデ　情熱があたしの体を貫いたの。

オットー　そんなもん情熱なんかじゃねぇ、異常ってやつだ。

ヒルデ　そうするしかなかったの。

オットー　（嬉しくなって）殺しは愛のためだったっていうのか。

ヒルデ　殺しじゃない、正当防衛よ。

オットー　（にやにやして）見出しは、血とスペルマと涙。

ヒルデ　（真剣に）涙はあの女にまかせるわ。

オットー　血で何をしでかそうってんだ、スペルマはおまえに手こずりっぱなしだが？
ヒルデ　で、死んだ女が目覚めたら？
オットー　目覚めてくれりゃあな、あわれなミッツィ！
ヒルデ　（やけになって）あたしの話をしてるんでしょうが。
オットー　（彼女を見つめて）不言実行でたのむ。
ヒルデ　（うなずく）これから見ててよ、オットー、あたしを堪能して。（オットーにフェラチオ）
オットー　（堪能して）あわれなミッツィ、今頃、俺のこと考えて苦しんでるんだろうな。
ヒルデ　苦しんでないわ、考えてないから。あの女、くるはずの生理がこないとかほざいてたけど、そのとき、自分で自分の死刑宣告を下したわけよ。スキャンダルはごめんだわ。
オットー　（にやにやして）サツに突き出したら、終身刑だ。おまえは俺の手の内にある。
ヒルデ　あんたの手の内なんか怖くも何ともないわ、オットー、あんたはあたしの夫なんだし、あたしが——あたしがあんたのために闘ってるんだってこと証明すれば、それは、サツに突き出すより価値のあることに違いないもの。
オットー　終身刑、そして俺は自由の身。
ヒルデ　あたしといたほうがずっと自由でしょ。

オットー　トイレの中では自由だ。

ヒルデ　（見る）

オットー　俺に噛みついたら、一発お見舞いしてやる。

ヒルデ　殺人犯を殴ったりするもんじゃない、どんな目に遭うかわからないわよ。

オットー　どのみち逃れられんさ。（彼女のフェラチオを堪能して）おまえの俺に対する情熱ってのも、まったく新しい話だな。（にやにやして）だが、ひょっとしてこういう殺しも、別に普通の話なのかもしれんな、世の中で起こってるほかのことも皆、俺たちがあれこれ勘ぐり過ぎてるだけか。

ヒルデ　生きてる妻には死んだ情熱ほどの価値もないの？

オットー　（見る）

ヒルデ　（彼をじっと「忍耐」し）こういう殺しは大いなる愛の証しに違いないわ、尻にファックなんかさせるよりはね。（オットーに迫り、ゆっくりと脱ぎ、彼はタジタジになる）目覚める者は目を開く。世をはかなむな。習うより慣れよ。

オットー　（息をつき、見て、うなずき、なおも呼びかけて）安らかに眠れ、ミッツィ。

ヒルデ　そう、あたしとやるのよ。（オットーをひっつかまえて）どう、ミッツィ、男を繋ぎ止めるには、尻だけじゃなく、頭も必要なの。

オットー　（さし迫って）もういきそうだ。

ヒルデ　いい子ね。

第十場

ミッツィは家で一人、かなり憔悴している、優しい音楽。彼女はドライフラワーの花束を見据え、書く。

ミッツィ　（書き、考え、息をつき、待ち、書く）愛するオットー、死というのは深い経験です。誰もがこういう経験をしてみればいい、死は人を変えるから。それが今はわかる。だけど死は、わたしを連れていく前に尋ねたの、もし最後の願いがあるなら、何を望むかと、だからわたしは答えた、オットー・ホルデンリーダーですと。死は、そんな男は知らないとも、彼は結婚してるとも、おまえには合わないとも言わなかった、死は言ったの、その男を自分のものにしろと。だってもう時間がない、とわたしは思った。

するると死は言った、本当に何かを望むなら、そのための時間はあるものだって。愛するオットー、そうやってわたしは死から逃れて、今一人で家にいます。あなたは来ないし電話もくれない、どこにいるの。やっとのことで死から逃れたけど、カッコ開く、奥さんに聞いてみて、カッコ閉じる、でも生きていくのもおぼつかない、あなたがいなければ。あなたのことを考えてます、頭は痛いし、三箇所の青アザと足の腫れもあるけど。そのうち消えるでしょう。ヒルデさんのことは許すわ、あなたの奥さんですもの。でもこのままにはしておけない。わたし会社をやめて、あなたの心の中に住み着きたい。どうかいっしょに逃げて、ヒルデさんがわたしたちの穴を掘ることができないところへ。

改行とアンダーライン。このたび私、六週間の解約告知期間、遵守のもと、四半期終了の九月三十日限りで退職いたしたくここにお願い申し上げます。お返事お待ちしております、ミッツィ・フライ。

第十一場

浴槽にて、夜遅く。ヒルデとオットー、疲れ果てた二人、ファック終了後。ヒルデは丹念に体を洗っている、オットーはあけっぴろげに入れ歯の掃除をしている。

オットー ミッツィは死んじゃいない、おまえが殺したなんて、ただの作り話だったんだな。全部ウソだ！

ヒルデ （苦しまぎれに、でもどうでもよさそうに）素敵な週末にしたかったの。

オットー バカじゃねぇのか、あわれなミッツィ。

ヒルデ ちょっとした冗談よ、お気に召して。（攻撃的に）それともお気に召さなかった？

オットー （うっろに）馬鹿をみるのは、ほんとにガキができちまったときだ、そうなったら俺たちには打つ手がねぇぞ。

ヒルデ あの女に子供はできないわ、そろそろ更年期じゃないの。

オットー （悪意なく）あいつもおまえのことそう言ってた。

ヒルデ （疲れ果てて）ええ、ええ、そういう恐れを知らない女よ。

オットー 堕ろさない、って言ってたぞ。

ヒルデ どうあがいたって本性は変わりゃしない。女はどこまでも女。

オットー あわれなミッツィがそれを聞いたら。

ヒルデ （疲れ果て、彼を見て）ミッツィのとこへ戻る？　またよりを戻す？　彼女まだ生きてるんだから。

オットー （ぼんやりと）そこまですることなかったのによう。

ヒルデ （見る）

オットー （見て、にやにやする）

ヒルデ あたしを軽蔑してる、ちょっと空想してみちゃったから？

オットー （男らしく振舞って）ベッドに来いよ、そしたら教えてやろう、いい子にしてりゃな。

ヒルデ （もっと男らしく）そうこなくっちゃ。

第十二場

再会。ミッツィとオットー。温室。ミッツィは顔を腫らし絆創膏を貼っているが、化粧はしている。オットーは彼女を見ない、彼は卑劣というよりむしろおどおどしている。そして再び小さくなっている。

ミッツィ　オットー、オットーったら、わたしを見て、彼女のせいよ、こんなふうになったの。
オットー　（むしろ目をそむける）
ミッツィ　わたしに何か言うことないの？
オットー　病気だと申し出ろ、長引くようなら、臨時雇いが必要だ。
ミッツィ　オットー、わたし自分の命よりあなたを愛してるのよ。
オットー　わかってる、わかってる。だが、どうにかして俺らの秩序ってもんを取り戻さねぇと。
ミッツィ　わたしに飽きたの？
オットー　飽きるってどういうことだ？
ミッツィ　飽きるは飽きるよ。
オットー　単に本能的食欲がもうあんまりねぇんじゃないかな。
ミッツィ　（再度、優位を保とうと努めて）それで、あなたは一人前の男のつもりなんでしょうけど、女房の前では縮こまって、情熱を押し殺してるんでしょ。
オットー　縮こまるってどういうことだ、おまえとの汚らわしい行為はもううんざり、ってとこかもしれんな。

ミッツィ　汚らわしい行為ですって。

オットー　おまえが何でもやりたい放題やらせる獰猛なメスブタだってことは、否定できねぇだろ。

ミッツィ　オットー、わたしに向かってそんな言い方やめて。砂漠の話はどうなっちゃったの、わたしがあなたのオアシス、っていうのは？

オットー　干からびた陸地のほうがまだましってことじゃねぇか。（野卑に）フリッツで試してみろよ、やつが俺のあとがまになってくれるかもしれん。

ミッツィ　（呆然と）あなたのミッツィにそんな言い方やめて。

オットー　すべてに始まりがあり、すべてに終わりがある。それが人生だ。

ミッツィ　（卑劣に）結婚だけは違うっていうの、それはずっと続くわけ。だったら、あの年増の欲求不満のメンドリのとこへ帰って、またシコシコ励みなさいな。

オットー　（平静に）このクソったれ。

ミッツィ　（間のあと）ねぇお願い、わたしをこんなふうに突っ立たせておかないで。

オットー　そうだな、そうやって突っ立っててもらうために給料払ってるわけじゃねぇからな。おまけに今は普段通りの平日の普段通りの午前なのに、おまえはいつまでも喋りくさってる。それを俺がずっと眺めてんのも問題だな。

ミッツィ （彼に気の抜けた一発をくらわす）

オットー （彼女をつかんで、隅に放り投げ）これが最後だ、いいか、二度とやるな。女同士で何をやらかそうが、俺には関係ねぇさ。だが俺を殴るんじゃねぇ、もしも殴ったら、（ほほえんで）殺しってのは実際はどうやるもんか見せてやるからな、この間抜けで年増で盛りのついたメンドリめ。

ミッツィ （取り乱して、へとへとになって）なによ、あんまりじゃない、神様助けて。（泣く）

オットー （真剣に）ミッツィ、職場に秩序を取り戻す。これは決まるべくして決まったことだ。受け入れてもらうしかない。

ミッツィ （不安げに）わたし、ここをやめます。

オットー （ちょっと見て、うなずき）えらいぞ。（退場）

第十三場

仕事中。ミッツィとフリッツ。ミッツィはぎこちなく獲物に忍び寄るような素振り。フリッツは残虐性を忍ばせて身をかがめる。つとめて標準語をつかい、儀礼的なミッツィ。

ミッツィ　それじゃあ、サディストっていうのは、あなたの作り話だったわけ？

フリッツ　そう。

ミッツィ　（短い間）でもサディストのほうがまだよかった、公衆の面前でちょっと露出なんかするより。（上から見おろして）そんなの恥ずかしいでしょ。

フリッツ　（ぼんやりと）でも僕はただの露出犯。いろんなものになれるわけじゃない。もし僕が、刺して血を流してどうこうする本物のサディストだとしたら、まだずっと服役してただろうし、連中も僕を出所させたりしなかったさ。

ミッツィ　そしたらわたしたちも知り合えなかったわけね。

フリッツ　そりゃそうだ。

間。

ミッツィ 興味ないんでしょ、普通のは？

フリッツ （大胆にも）僕は普通じゃないから。

ミッツィ 普通じゃないってことに誇りはある？

フリッツ 僕はありのままだよ。

ミッツィ でも、誇りがあるみたいな言い方だわ。

フリッツ 僕はもうずいぶん長いこと僕だから、慣れちゃったんだ。（むしろ疲れた感じで）自分がもし今突然、正常になったりしたら、そのほうが異常に思えるんじゃないかな。

ミッツィ （コケティッシュに言ってみる）わたしたち二人のために、何か素敵なプランはないの、ねぇ？

フリッツ （ぼんやりと残忍に）それなら誰かほかのやつを探しな。オットーの浮気のカバーに入るのはごめんだ。

ミッツィ （相当やけになって）もう、あんたたち男なんてこん畜生よ。

間。

ミッツィ　（皮肉っぽく残忍に）わたしの前でシコシコやりたいんでしょ、どうなの？
フリッツ　（見る）
ミッツィ　（ますますやけっぱちに）そうすればもしかしてもっと親密になれるかも。
フリッツ　親密になるつもりなんかさらさらない、君はわかってないな。
ミッツィ　でも、人間って、寄り添って生きていく動物でしょ。
フリッツ　僕は違う。

間。

ミッツィ　（非常に皮肉っぽく）愛を求めれば求めるほど一人ぼっちになっちゃうなんて、それがわかってたら寂しい思いしなくて済むわね。
フリッツ　僕は愛を欲しがったりしない。
ミッツィ　わたしは欲しい。
フリッツ　ただ姉さんがかわいそうで。
ミッツィ　じゃあ、誰がわたしをかわいそうに思ってくれるの。あなたは確かに欲しがらなかった、すべて手に入れることができたのに。

フリッツ　僕は何もいらない。僕はオットーじゃない。

ミッツィ　残念だわ。

フリッツ　姉さんが間に入ってなけりゃ、オットーと君のことを歓迎するんだけど。

ミッツィ　いつだって誰かが間に入ってくるわ、そんなこと気にしてちゃだめ。

フリッツ　（さげすむように）オットーはちゃんとやれるのか。

ミッツィ　（嘘をついて）一日に何回も。

フリッツ　そこまでやれるとは思ってなかったな。

ミッツィ　わたしも。

第十四場

仕事、仕事、仕事、皆、懸命に、一心不乱に。ミッツィとヒルデ。ミッツィは疲れ果て、目に見えてダウンしている、ヒルデは奮闘してはいるが、仕事が片手間になりがち。

ヒルデ　（元気よく）明晰な頭脳に勝るものなし。
ミッツィ　何のことです？
ヒルデ　ここに居たほうがいいわ。
ミッツィ　あなたがそんなこと言うなんて。
ヒルデ　あたしが――それにオットーが。
ミッツィ　（見て、息をのみ、不安げに）そんなの誰のためにもなりませんよ。
ヒルデ　あたしのためにはなる。（女っぽく）わかる気がするの、どこらへんがあの人の限界か、（ミッツィを友好的に見て）あなたがここに居た場合ね、だからといってあたしがまたおかしくなったりすることはないから。
ミッツィ　（気分を害して）あなたもう完璧におかしくなっちゃったでしょ、わたしのせいで。
ヒルデ　そうね、でも過ぎてしまえばいい思い出。
ミッツィ　ああそうですか。
ヒルデ　手っ取り早く言うと、あたしはあなたに女として、人として敬意を払う、そしてオットーは――

ミッツィ　終わったことです。

ヒルデ　その上での話。

ミッツィ　わたしには終わりでも、彼には？

ヒルデ　あの人はきっとまた食指を動かすだろうけど、あなたが手綱を握るのよ。

ミッツィ　そう、そして彼がまたわたしに襲いかかって、あなたはまたわたしを墓穴に放り込む。

ヒルデ　もう放り込んだりしない。あなたを深く信頼してる、それだけ。

ミッツィ　（最後の誇りをもって）忘れることはできないけど、終わりにはできます。

ヒルデ　そう。

ミッツィ　で、フリッツは？

ヒルデ　あの子は、うちを出ていくって。

ミッツィ　（見る）

ヒルデ　旅人を引き止めちゃだめ。あたしたちバイクをあげたの、あの子が楽にやっていけるように。

ミッツィ　これで、永遠のさよなら。

ヒルデ　もう、不吉なこと言わないで。

ミッツィ　お姉さんらしい言い方だわ。

ヒルデ　誰のところにもいつか運命がやってきて言うの、さあ来たよって。フリッツのこと、こんなふうに想像してみたのよ、いつか不意に一人の若い女の子がやってきて、彼女の純真さであの子の汚れをきれいに拭い去ってくれる。

ミッツィ　（見る）

ヒルデ　フリッツに足りないものは、本物の愛。それがあれば何だってすんなりうまくいくわ。

ミッツィ　それはわたしじゃないんですね。

ヒルデ　そう、あの子を引き止めることはあんたにはできない、あたしの話を聞いて。あの子が心の中でつぶやくの、どうして僕は見も知らぬ他人の前でズボンをおろさなきゃならないんだ、僕には彼女がいるのに、って。そうなるのが目に見えてるような女性が必要なの。あなたが相手じゃ、あの子また始めるわ、それは教会のアーメンのごとく確実。

ミッツィ　わたし彼のこと決して許せない、わかるんです。（少しの間）わたしの家で起こったことは起こったことですから。でも、突然立ちはだかって（小声で、まじめに）――オナニーするなんて、そんなのひどいでしょ。

ヒルデ　（うなずき）始まったものは、終わらせなきゃ。
ミッツィ　（見る）
ヒルデ　あの子は性欲をもてあましてて、発散させずに抱え込んじゃってるから、他人に無理強いするんだわ。
ミッツィ　わたしには無理強いしなかった。
ヒルデ　（ほほえんで）あの子は自分の意志で出ていくの。本人に聞いてみなさい、あなたも話したいでしょ。
ミッツィ　悲しいわ、弟さんが行ってしまったら。
ヒルデ　（短い間のあと、まじめに）あたしも。

第十五場

車寄せ。フリッツとミッツィ。フリッツはバイクに荷物を積んでいる。ミッツィは彼のそば。

ミッツィ　（息を詰まらせて）もしかして、いつか時がきて、あなたがもうシコシコやりたくなくなって、わたしがまだ八十歳になってなかったら、また会いましょ。

フリッツ　（はにかんでいるが、出発できるのが嬉しいので、開放的に）さてと、まずは出発だ、そうすりゃ先は見えてくる。

ミッツィ　気をつけてね、ダメなとき愛してくれるバカな女がいつも見つかるとはかぎらないんだから。（笑って）たとえ半身不随になっても、連絡はちょうだい。

フリッツ　（おずおずと、にやにやして）下半身が全然ダメになったらな。

ミッツィ　（非常に優しく）下半身もいいけど、上半身（彼の額にキスして）もあるでしょ。

彼らは見つめ合う。オットーとヒルデがやってきて、互いに抱擁し合う。

オットー　（フリッツを抱き）さよならを言おう。

フリッツ　（幸せそうに）ええ、さよなら。（ヒルデに抱きつく）

ヒルデ　手紙書いてよね。

フリッツ　（まじめに、内緒話で）へこたれるな、吹きまくる風もあれば、不動の岩もある。（にや

にやする）

ヒルデ　うちの人らしい言い草だね。

オットー　（のんきに）何ひそひそやってんだ？

フリッツ　ありがとうございました、いろいろお世話になって。

オットー　あたりまえのことだ。

ヒルデ　その気になったら、フリッツ、またいつ戻ってきてもいいのよ。ちょっと書いてよこすか、電話して。

フリッツ　バイバイ、自由は満喫しなきゃ、せっかく手に入れたんだから。

オットー　そうだな。

フリッツはアクセルを踏んで、走り去る。

ミッツィ　（泣き喚く）

オットー　こんなふうに涙を見せられちゃ、まったく妬けちまうだろうが。

ミッツィ　あなたがただけね、わたしに残されたのは？

ヒルデ　ミッツィたら、あたしたちは血も涙もない人間じゃないのよ。フリッツはもう遠くに行っちゃったんだし。（ミッツィを抱きしめ、すかさずスカートの下に手を伸ばして、何かをつかむ）

ミッツィ　（ぎょっとして）やめて、何するんですか、ホルデンリーダーさん。

ヒルデ　（求めていたものを獲得する、生理用ナプキンが落ちる）

ミッツィ　（ヒステリックに大声でわめき、ナプキンを足で蹴とばそうとする）

ヒルデ　（非常に小さな声で）思い違いじゃなかったようね。喜びなさい、ミッツィ、あたしたちの歳で子供ができるって、楽なことじゃないんだから。

ミッツィ　（泣き喚く）

長い間。ミッツィは姿勢をしゃんと保とうとしている、オットーは奇妙な具合に頭を揺さぶっている、ヒルデはこっそり立ち去ろうとするが、できない。硬直。

オットー　（やっと、非常に小さな声で）さあ、とっとと生活に戻るぞ。最初に仕事にかかるのは誰かな。（少しの間、疲れ切って）俺か。

ヒルデ　（ミッツィの気を引き立てようと）あたし？
ミッツィ　（非常に小さく）わたし。
彼らはゆっくりと、夢の中のようにおぼつかなげに退場。からっぽの舞台、幕。

終

訳注

★1―翻訳では、標準的な日本語にバイエルン方言のくだけた調子をできるだけ反映させてある。

★2―「ティッシュ（ペーパー）」は、原文では銘柄の“Tempo”。

★3―ブランデーの宣伝文句。

★4―“Weib”（女）と“Unterleib”（下腹部）で韻を踏ませたフレーズ。

★5―「安売り店」は、原文では店名の“Bilka”。

★6―「週刊誌」は、原文では雑誌名の“Quick”。

★7―童話に登場する意地悪な小人。

★8―「ヌッサー」（Nusser）は、木の実、ナッツ（Nuß）に由来する語。

★9―バイエルン地方やオーストリアの女性の民族衣装。

★10―ラテン語では「イド」。精神分析の用語で、本能的衝動の源泉である無我意識。

★11―ドイツの作家、カール・マイ（一八四二〜一九一二）の冒険小説に登場するインディアンの酋長。

訳者解題

不敵な笑いで社会を斬る

三輪玲子

日本での知名度の低さからは想像しにくいかもしれないが、フランツ・クサーファー・クレッツの作品は、ドイツ語圏にとどまらず世界四十カ国以上で上演されている。クレッツは、七〇年代のドイツ演劇界にセンセーショナルに登場すると、七五／七六年シーズンにはドイツ国内での作品上演が六百五十三回（八作品の合計）を記録し、瞬く間に、ブレヒトの後、ドイツ語圏で最も多く上演される劇作家となった。以降クレッツは、バイエルン方言と民衆劇の伝統を逆手にとった独自の斬新なドラマツルギーを貫きながら、時代と社会の変遷とともに世相を鋭く抉る衝撃作を世に送り出し続けている。日本でも、七四年に『内職』（岩淵達治訳）、八二年に『先の見通し』（岩淵訳）、『男の楽しみ』（越部暹訳）といったクレッツの初期作品が翻訳上演されているが、一般の方々に日本語で紹介できるこの機会に、世界的知名度との差を埋めるべく、クレッツの三十年以上にわたる演劇活動をたどっておきたい。

クレッツの演劇人としての第一歩は俳優であった。ミュンヘンに生まれ、育ちもバイエルン州のクレッツは、経済専門学校を中退してミュンヘンの俳優学校に通いはじめ（六一～六三）、ウィーンのマックス・ラインハルト・ゼミナールでも俳優修行を積んで（～六四）、その後、運転手や倉庫係、精神病院の看護人などの臨時雇いを転々としながら、六七年からバイエルンの農民劇やミュンヘンの小劇場で舞台を踏むようになる（ちなみに七一年には、ライナー・ヴェルナー・ファスビンダー演出、マリールイーゼ・フライサー作『インゴルシュタットの工兵隊』で少尉役も演じている）。

　劇作に着手するのは六〇年代終わり頃からで、モリエールや、二〇年代から三〇年代に「民衆劇」を批評性の強い社会劇に刷新した先駆者、フライサー（一九〇一〜七四）とエデン・フォン・ホルヴァート（一九〇一〜三八）を模範とし、バイエルンの農民劇の流れを引く方言作品を書きはじめる。そして七一年にミュンヘンで初演された『内職』がクレッツの名を世に轟かす。ここに描かれるプロレタリア家庭では、夫が事故で障害を負って在宅の仕事しかできず、家族は生活に窮する。夫の入院中に妻は浮気で子を身ごもり、編み棒で堕胎を試みるが失敗して不具の子が生まれる。遂には夫が子を故意に溺死させることで、家庭の「秩序」を回復する。舞台上で繰り広げられる常軌を逸した光景、自慰、堕胎、子殺しなどのショッキングな場面は、初演の観客に抗議の嵐を巻き起こし、上演が二度までも中断するスキャンダルへと発展した。しかしこうしたゴシップ的話題性よりも、クレッツという作家の本質、大衆紙の三面記事か受け狙いの風俗画のように惨劇を描くわけではなく、苛酷な現実を容赦なく克明に暴き出す作家であるという認知を一躍広めた点で、初演成功は大きな意味をもった。このドラマの社会的下層にある登場人物たちは、小市民的因習にとらわれて絶望的な状況に陥り、やみくもに極端な解決方法に走ってしまう。家庭の秩序を取り戻すための殺害は、何ら特別な感情の発露もなく行われる。彼らは日々の生活を支える以外の何にも感慨を覚えない。突如として降りかかってくる事態に対処する術も、自分たちの抱えている問題について語る術も知らない。言語外の身振り、表情、そして沈黙の「間」が劇的緊張を一気に高めていくクレッツの真骨頂がすでにある。

この『内職』や、知恵遅れの農家の娘が硬直した道徳観念の犠牲になる『家畜農家』（七二年、ハンブルク初演、ベルリン演劇祭招待作品）などの初期作品は、タブーを破りスキャンダルを巻き起こしながらも、加害者であるよりむしろ被害者である弱者を徹底描写することで、彼らの苦境の末の敗北が観る者の同情を喚起する。しかし、七二年に旧西独ドイツ共産党に入党し、ブレヒトの演劇論にも根本から取り組むようになると、クレッツに最初の転機が訪れる。彼はそれまでの自作を、ありのままの状況を描いて同情を引くだけの作品と切り捨て、踏みにじられそれを甘んじて受け入れる人間ではなく、想像力と活力をもってそれに抵抗する人間を意識的に示そうとするようになる。ブレヒトの教育劇に倣ったアジテーション劇を書き、救い難い悲劇的結末にかわって成長し学びうる人間を描く。七五年、ミュンヘン初演の『住処』(ミュールハイム市劇作家賞受賞作品)では、トラック運転手が上司の命令で有毒廃棄物を湖に投棄するが、この主人公は自分と上司を内部告発する。クレッツの醒めたリアリズムとコミュニズムへの確たる期待が綜合され、ここにクレッツならではの社会批判民衆劇が確立する。徹底した現実描写に明確な変革意識が投入されても、頑迷なイデオロギーの先走りに陥ることなく、所有関係よりも人間関係、政治よりも愛情のこまやかな描写に長けた「人間のドラマ」に降り立っている点に、クレッツの劇作の力量とその人気の秘密があるといえるだろう。

作品表現の「行き過ぎ」を主張するミュンヘン市議会との対立など、つねに物議をかもしながらも、十年間でおよそ三十作品を書き上げるという多作ぶりで、クレッツは七〇年代のうちに、記録的な上演回数と受賞回数を誇る、ドイツを代表する劇作家となっていった。八〇年に共産党に失望して離党したことで、クレッツは再び転機を迎える。創作の行き詰まりから脱する契機となった『どっちつかず』(八一年、デュッセルドルフ初演)には、社会の底辺で喘ぐ姿も、イデオロギーもアジテーションもない。同じ会社に勤務する植字工の男性社員二人が、技術革新の流れで写真植字に転向させられる。一人はいちはやく適応し、もう一人はついていけずに辞職するが、これにともない二組の夫婦関係——労働組合活動に熱心な夫と第三子を身ごもってしまった妻、古い職業観にこだわり職を失った夫と支店長にまでキャリア・アップした妻——もぎくしゃくしだす。原題の「魚でもなければ肉でもない」の意には、受け入れられるものではないが断固拒否できるものでもないという、テクノロジーの進歩がもたらした皮肉な結果に直面する現代社会人のやるかたない心境がある。従来の労働環境をおびやかす生産性向上の重圧のもと、社会の核であったはずの「家族」も崩壊していく。最終的に、無惨なカタストロフィーが待ち受けているわけでも、有効な解決方法が示唆されるわけでもない。そのかわり途方にくれた状況そのものがオープンにシュールに示され、主人公二人が、空気ポンプで膨らまされたり、裸で水につかったりの悪夢を、舞台上で実演する。闘う相手はもはや劣悪な社会環境などではなく、そこはかとなく押し寄せる疎外感、喪失感、閉塞感である。クレッツ初の不条理演劇的手法であるが、上演の際カットされるのが通例であったこの場面を、ペーター・シュタイン演出のベルリン・シャウビューネ版（八一年）はクライマックスに据え、クレッツ自身の演出（八三年、ミュンヘン）も、日常の狂気の象徴的イメージとして強調し、この自作演出は年間優秀演劇に選ばれてベルリン演劇祭に招待された。

その後も、ブレヒトの『第三帝国の恐怖と悲惨』の向こうを張った『ドイツ連邦共和国の恐怖と希望』（八四年、ボッフム、デュッセルドルフ初演）や、エルンスト・トラー作『ヒンケマン』を改作し自ら初演演出を手がけた『ヌッサー』（八六年、ミュンヘン初演、ベルリン演劇祭招待作品）など、劇作家・演出家活動が続く一方、八六年には俳優クレッツが大成功をおさめる一幕もあった。テレビの連続ドラマ『キール・ロワイヤル』で大衆紙の記者役を演じて人気を博したクレッツが、実生活でも大衆紙「ビルト」のコラムニストになったことでも話題を呼んだ。

八〇年代終わりには演劇からいったん距離を置くが、ドイツ再統一後に発表した『農民劇』（九一年、ケルン初演）では、民族主義と反ユダヤ主義、芸術と生活、ホモセクシャルとエイズ等々、同時代人が抱える込み入った問題をクレッツ流のドタバタ喜劇に包括してみせた。そしてこの三年後、自らの初演演出で「大成功のカムバック」と評されたのが『衝動』（九四年五月二十一日、ミュンヘン初演、ベルリン演劇祭招待作品）である。これは七五年初演の『愛すべきフリッツ』を自ら改作したものであるが、七〇年代のバイエルンの貧しい植木屋は九〇年代には繁盛する生花園に発展し、重苦しく殺伐とした心理・環境描写も、一転して、中流家庭の中年夫婦のささやかな危機物語になっている。懸命に働いて暮らしを支え、紋切り型の返事以外に語るべき言葉も持たなかった昔の寡黙な登場人物たちは、三十年後には饒舌に軽妙に会話を交わしている。

七〇年代のフリッツは、前科をひた隠しにして姉夫婦の植木屋で気詰まりな新生活をはじめるが、そこで働くミッツィとの愛に希望を見出し、二人で旅立つ夢を思い描く。しかし労働力を二つも失うわけにはいかない義兄はミッツィにフリッツの前科を打ち明ける。希望を絶たれたフリッツは一人旅立っていく——社会からはじき飛ばされ片隅に追いやられた人間の免れない不幸。この物語からリニューアルされた九〇年代版は、冒頭から倦怠期の夫婦のベッドで下世話な会話が繰り広げられるセクシャル・コメディーである。商売も軌道に乗りさしたる問題もなくつつがなく暮らしていた生花園の人々は、仮出所で姉夫婦のもとに身を寄せることになったフリッツの「闖入」で、寝た子が起こされたかのようにコンプレックスや欲求不満を爆発させ、あらぬ妄想に突っ走り、とんだ大混乱になってしまう。その渦中で明らかにいちばん「普通」であるフリッツは、エイズを疑われたりサディストのふりをさせられそうになったり散々だが、結局、直接自分のせいではない混乱を鎮めるために一人出て行く。フリッツが異分子としてはじき出される結末に変わりはないが、九〇年代の彼は遠慮がちながらも、解放されて自由気ままを謳歌すべく清々しく旅立って行く。そしてクレッツの初期作品よりはるかに洗練されたやりかたで、彼らは「秩序」を取り戻す。野卑で猥雑な場面の連続もクレッツらしさではあるが、クレッツの本領は「間」にある。この夥しい「間」のせいで、ツッコんでボケる喜劇の台詞が途切れて、むしろ悲劇のものといってよい絶望、思惑、疑念などが、その瞬間、隙間風のように吹き込んでくる。繊細な感受性が呼び込む一瞬のポエジー。浅薄に興じつつ深遠に物思うドラマなのである。また読み通すとわかるが、一幕から三幕にかけて、言葉のレベルでは喜劇的な常套手段の反復や変奏が絶妙に散りばめられ、さらっと流れる台詞にもはっとさせられる妙味があり、構成の面では、インパクト満点の冒頭から、中盤のビアガーデンの乱痴気騒ぎ、墓穴での女同士のバトル・ロワイヤルでクライマックスを迎え、終盤の事態回収に向かうまで、ドラマ仕立ての抜群のセンス、隙のないウェルメイドを堪能できる。バイエルン方言の壁はあっても、クレッツのワールドワイドな面白さとうまさは十分伝わるのではないだろうか。

『衝動』の初演は、「クレッツ作品がこれほどコミカルに演じられたことはない」（南ドイツ新聞）と評されるほどの意外性をもって、大爆笑と大絶賛で迎えられた。この演出にあたってクレッツは、「矮小で粗野で劣悪で、同時に大胆で陽気で自由」（テアター・ホイテ誌）な民衆劇にしたかったと語っているが、その両極をリズミカルに行き交うための場面転換が成功の鍵にもなったようだ。初演の舞台で、『愛すべきフリッツ』の十七場から約倍増した場面は、簡素にして簡便な大道具・小道具と風景をスケッチした背景幕のみで、郷土色豊かなマウルトロンメル（口琴）の調べを合図に軽快に迅速に切り替えられていった。緊張感とウィットを失わないテンポの良い場面進行と同じリズムで、観客もまた感情をアップ・ダウンさせる。コテコテの滑稽に大笑いした次の瞬間、深刻な憂いがよぎり、また次の瞬間ふいに爆笑させられる。かつては挑発的で耐えがたいと席を立つ観客も少なくなかった、クレッツ独特のどぎつい猥雑さも、三十年も経つとニヤリとするだけでやり過ごされる。社会の非情や悪意を過酷なまでに突きつける民衆劇は、間断なく笑いを誘う、アイロニカルな笑劇へと変貌した。それでも三十年前と変わらないのは「秩序」を失うことへの不安である。ただし七〇年代の苦渋と諦念に満ちた秩序回復とはやはり様相が違う。「衝動」によって他者との断絶を打破できるのではと希望を抱くほど、ますます惨めに滑稽になるばかりの九〇年代の人々は、賢く妥協点を探り、苦笑いで味気なく折り合っていく。この喜劇の終幕をフランクフルター・アルゲマイネ紙は、「チェーホフの『ワーニャ伯父さん』の余韻が漂う」と評した。

『衝動』の初演から四ヵ月後、これとは対極的な作品が発表される。人間から政治へと視点を切り替えた『俺が人民だ』（九四年、ヴッパータール初演）では、再統一後のドイツの外国人憎悪とファシズム傾向をめぐり、街角で見聞きされる極端なふるまい、過激なやりとりをあからさまに場面化して見せている。決然たる社会批判者として戻ってきたクレッツの何ら躊躇のない生々しく露骨な表現は、観客や批評家には過度の誇張や挑発と映り、翌年にはこの作品の「質の低さ」を理由にズーアカンプ社が出版を拒否するという事態にまで発展する。その一方で、演出家ペーター・ツァデクは、「政治カバレットとポエジーの本能とバイエルン的ナンセンス」を股にかけるクレッツでなければこれほどホットなテーマを明快に演劇化することはできないと評価し、九五年にベルリナー・アンサンブルで同作品を演出した。同年、クレッツはベルトルト・ブレヒト賞を受賞した。

その後のクレッツも、時代と自作との関係性を注意深くはかりながら折々様々な新機軸を打ち出していく。九九年、ウィーン初演の『地元の女』は、若い女の悲劇的人生をカスパール劇に仕立てたアヒム・フライアーの演出でベルリン演劇祭招待作品となり、政治家カップルの心中事件をもとにした『蜜月の終焉』（二〇〇〇年、ベルリン初演）もクラウス・パイマンが演出して話題となった。八〇年代後半から自作の初演を手がけることが多くなり、演出家としての評価も高いクレッツだが、『衝動』のような自作の改作のみならず、自作でないものをオリジナル版として演出することも少なくない。七〇年代にヘッベルの『マリア・マクダレーネ』(七三年)と『アグネス・ベルナウアー』(七七年)、八〇年代にトラーの『ヒンケマン』、九〇年代後半に入ると、ビュヒナーの『ヴォイツェク』(九六年)、シラーの『ヴィルヘルム・テル』(九七年)、ブレヒトの『プンティラ旦那と下男のマッティ』(九八年)など、改作演出にも意欲的である。

「ドイツ現代戯曲選30」のラインアップでは他に、ライナー・ヴェルナー・ファスビンダー(一九四六~八二)やペーター・トゥリーニ(一九四四~)が批判精神あふれる現代民衆劇の系譜に連なる。このジャンルの持ち味としてふんだんに盛り込まれる方言やご当地ネタはしばしば翻訳上のバリアにもなるが、クレッツの熟練の技が冴える民衆劇は、現代ドイツ演劇の紛れもない代表格として、この機に改めて認知していただけたら幸いである。二〇〇五年、ミュールハイム市演劇祭の三十周年記念に寄せたエッセイでクレッツは、二十九年前の受賞作品『住処』に触れ、当時は、抵抗するアウトサイダーではない「普通の意味の人間がまだ精神的にスラム化されていなかった。……今日『住処』を書くことはもはやできない」と、グローバル化で一元化され異論を唱える余地すらなくし、世界を良い方向に変えていけるという意識も萎えてしまいつつある人間の未来を憂いている。同時代社会とそこに生きる普通の人間への鋭利なまなざし、見据えたものの核心を突くクレッツ特有の言語世界は、三十年前も今も不変でありながら、狙ったタイミングですかさず捕らえる素材選びとその最適な調理法にかけてはそのつど巧みに変化していく。頑固に「クレッツ」であり続けながら、柔軟に「クレッツ」から脱していく。その裏切られない期待と裏切られる期待の両方を、クレッツは掻き立てて止まない。

著者

フランツ・クサーファー・クレッツ(Franz Xaver Kroetz)
1946年ミュンヘン生まれ。俳優、演出家、劇作家。俳優として活動を始めるが、70年代には、バイエルン方言と民衆劇の伝統を逆手にとった斬新な社会劇で一世を風靡し、「ブレヒトの後、世界的に最も成功したドイツ人作家」となる。以降、時代の変遷とともに世相を鋭く抉る衝撃作を発表し続け、世界40カ国以上で上演されている。

訳者

三輪玲子(みわ・れいこ)
一九六四年生まれ。ドイツ演劇研究。上智大学講師。主な論文に「エルフリーデ・イェリネクのテクストコラージュ——ハンブルク・ドイチェス・シャウシュピールハウスの演出から」など。訳書に『ポストドラマ演劇』(ハンス=ティース・レーマン著、共訳)など。ドイツ現代戯曲選では、デーア・ローエル『タトゥー』近刊。

ドイツ現代戯曲選30　第十四巻　衝動
二〇〇六年五月一〇日　初版第一刷印刷　二〇〇六年五月一五日　初版第一刷発行
著者フランツ・クサーファー・クレッツ◎訳者三輪玲子◎発行者森下紀夫◎発行所論創社　東京都千代田区神田神保町二―二三　北井ビル　〒一〇一―〇〇五一　電話〇三―三二六四―五二五四　ファックス〇三―三二六四―五二三二◎振替口座〇〇一六〇―一―一五五二六六◎ブック・デザイン宗利淳一◎用紙富士川洋紙店◎印刷・製本中央精版印刷◎ ◎ ISBN4-8460-0600-X

ドイツ現代戯曲選30

*1
火の顔/マリウス・フォン・マイエンブルク/新野守広訳/本体1600円

*2
ブレーメンの自由/ライナー・ヴェルナー・ファスビンダー/渋谷哲也訳/本体1200円

*3
ねずみ狩り/ペーター・トゥリーニ/寺尾 格訳/本体1200円

*4
エレクトロニック・シティ/ファルク・リヒター/内藤洋子訳/本体1200円

*5
私、フォイアーバッハ/タンクレート・ドルスト/高橋文子訳/本体1400円

*6
女たち。戦争。悦楽の劇/トーマス・ブラッシュ/四ツ谷亮子訳/本体1200円

*7
ノルウェイ.トゥデイ/イーゴル・バウアージーマ/萩原 健訳/本体1600円

*8
私たちは眠らない/カトリン・レグラ/植松なつみ訳/本体1400円

*9
汝、気にすることなかれ/エルフリーデ・イェリネク/谷川道子訳/本体1600円

*10
餌食としての都市/ルネ・ポレシュ/新野守広訳/本体1200円

*11
ニーチェ三部作/アイナー・シュレーフ/平田栄一朗訳/本体1600円

*12
愛するとき死ぬとき/フリッツ・カーター/浅井晶子訳/本体1400円

*13
私たちがたがいをなにも知らなかった時/ペーター・ハントケ/鈴木仁子訳/本体1200円

*14
衝動/フランツ・クサーファー・クレッツ/三輪玲子訳/本体1600円

自由の国のイフィゲーニエ/フォルカー・ブラウン/中島裕昭訳

★印は既刊(本体価格は既刊本のみ)

N e u e　B ü h n e 30

文学盲者たち/マティアス・チョッケ/高橋文子訳

指令/ハイナー・ミュラー/谷川道子訳

前と後/ローラント・シンメルプフェニヒ/大塚 直訳

公園 /ボート・シュトラウス/寺尾 格訳

長靴と靴下/ヘルベルト・アハテルンブッシュ/高橋文子訳

タトゥー/デーア・ローエル/三輪玲子訳

ジェフ・クーンズ/ライナルト・ゲッツ/初見 基訳

バルコニーの情景/ヨーン・フォン・デュッフェル/平田栄一朗訳

すばらしきアルトゥール・シュニッツラー氏の劇作による刺激的なる輪舞/
ヴェルナー・シュヴァーブ/寺尾 格訳

ゴミ、都市そして死/ライナー・ヴェルナー・ファスビンダー/渋谷哲也訳

ゴルトベルク変奏曲/ジョージ・タボーリ/新野守広訳

終合唱/ボート・シュトラウス/初見 基訳

座長ブルスコン/トーマス・ベルンハルト/池田信雄訳

レストハウス、あるいは女は皆そうしたもの/エルフリーデ・イェリネク/谷川道子訳

英雄広場/トーマス・ベルンハルト/池田信雄訳

論創社